D1322261

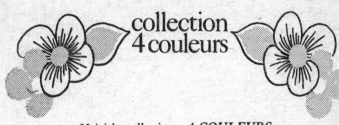

collection
4 couleurs

Voici la collection « 4 COULEURS »

Des œuvres romanesques dont la qualité révèle les sentiments humains dans toute la force de leur expression.

Elle vous entraînera dans un univers où se mêlent l'amour et l'indifférence, l'étrange et le réel, des existences et des paysages que vous aurez peut-être un jour le bonheur de connaître.

En compagnie de héros dont les aventures ne cesseront de vous captiver, vous découvrirez les passions qui peuvent habiter l'âme humaine, dans un cadre chaque fois nouveau qui sera pour vous une halte salutaire dans votre vie quotidienne.

Dans un monde où nous côtoyons tous les jours l'âpreté et la violence, « *4 COULEURS* » vous prouvera que la vie conserve un aspect heureux, et vous aidera à mieux le découvrir.

Séduisants par leur prix et par leur présentation, pratiques par leur format, les romans « *4 COULEURS* » trouveront aussi bien leur place dans votre poche que dans votre bibliothèque.

LA DERNIÈRE RIVALE

DENISE NOËL

LA DERNIÈRE RIVALE

LIBRAIRIE JULES TALLANDIER
17, rue Remy-Dumoncel, PARIS (XIVᵉ)

CHAPITRE PREMIER

Marie-Hélène referma la porte du garage, enfouit dans une poche de son ciré les journaux qu'elle venait d'acheter et s'élança sous la pluie.

Un grain horizontal lui cingla les joues. La pointe imperméable couvrant ses cheveux glissa en arrière, libérant une longue mèche d'or fauve qui se plaqua sur son visage comme une algue mouillée. Sans s'arrêter de courir, elle rajusta tant bien que mal sa coiffure et pesta contre l'idée qu'elle avait eue de louer cette villa qu'un vaste parc séparait du garage.

En fait, le garage appartenait à un propriétaire, la maison à un autre et le parc était à vendre comme terrain à bâtir. Mais l'agence s'était bien gardée de mentionner ces détails. Sur la photographie de la villa « Alpensee », qui lui avait été adressée, Marie-Hélène n'avait vu qu'une ravissante maison basse, d'un blanc crémeux, sur un horizon de montagnes. « Alpensee » ouvrait ses fenêtres fleuries sur un lac plus bleu que la

Méditerranée. Des couleurs de fête. Une promesse de bonheur.

« Situation très tranquille, sur le lac des
Quatre-Cantons, à vingt-cinq kilomètres de
Lucerne », disait l'annonce.

« La retraite idéale que personne ne décou-
vrira », avait pensé Marie-Hélène.

Laurent avait accepté de passer là ses vacances.

Bien que ce soit difficile pour un journaliste de
se couper du monde, il avait exceptionnellement
consenti à tenir secrète sa nouvelle adresse. Pour
un reporter comme lui, qui avait parcouru toutes
les routes du globe, ce voyage en Suisse n'était
qu'un saut de puce. Pour Marie-Hélène, qui
passait sa vie à attendre Laurent dans leur petit
appartement parisien, proche du Luxembourg,
c'était l'évasion, presque la grande aventure.

Ils étaient arrivés depuis cinq jours et depuis
cinq jours il pleuvait sans arrêt.

L'eau avait effeuillé les géraniums et creusé
dans les chemins une multitude de rigoles dont les
filets boueux dévalaient vers le lac. Celui-ci se
devinait, un peu plus bas, à une tache claire dans
la brume, ainsi qu'au clignotant orange des phares
d'alarme sur la rive opposée.

Au détour d'une allée, la maison apparut,
enserrée par des lilas qui griffaient son crépi à
chaque rafale. La pluie lui conférait la tristesse
des demeures à l'abandon. Et, bien que l'heure du
goûter eût à peine sonné, tous les volets étaient
clos.

Marie-Hélène ressentit un brusque pincement

au cœur. L'angoisse qui sommeillait en elle se réveilla. Était-ce possible que le malheur tant redouté eût fondu sur elle pendant son absence ? Pourtant celle-ci avait été brève : le temps d'aller à Lucerne et d'en revenir après avoir acheté, pour Laurent, des journaux français, introuvables au bourg. Elle n'avait même pas flâné devant les boutiques. Le « lèche-vitrines » appartenait à une époque révolue : une époque de bonheur et d'insouciance...

Elle accéléra sa course. Avec une poignante acuité, elle se demandait s'il n'était pas vain de vouloir fuir l'adversité lorsque celle-ci s'acharne après vous. Aucun refuge, si éloigné qu'il fût, ne pouvait protéger son amour. Elle avait cru retrouver au bord de ce lac suisse l'euphorie des premiers jours de son mariage. Ce n'était qu'un leurre. Même la nature lui était hostile et contrariait ses plans. Pas de baignades, pas de parties de bateau ni de promenades sentimentales, mais une attente fastidieuse derrière des vitres brouillées de pluie.

Deux ans auparavant, si la même déconvenue leur était arrivée, ils en auraient ri et Laurent, qui savait donner à l'existence la plus banale un goût piquant d'aventure, lui aurait fait oublier la monotonie des heures. En les contraignant à une intimité plus étroite, le mauvais temps eût même accru leur bonheur. Aujourd'hui, Laurent s'ennuyait, réclamait des journaux ou se perdait dans des rêveries dont Marie-Hélène se sentait exclue. A quoi pensait-il ? Elle ne le questionnait pas,

mais se torturait l'esprit en essayant de deviner
l'objet de ses préoccupations. Était-ce Lucile ?
Était-ce l'autre rivale, celle dont l'emprise sur
Laurent se resserrait chaque jour davantage ? Une
ennemie que Marie-Hélène estimait plus perfide
et plus dangereuse encore que la première, et
contre laquelle la lutte était perdue d'avance.

Et, à travers la plainte monocorde de la pluie
qui les ensevelissait depuis leur arrivée, Marie-
Hélène percevait le glas de sa trop belle histoire
d'amour.

★ ★ ★

Elle repoussa d'un geste sec le battant de la
porte d'entrée qui rebondit contre le chambranle
sans se fermer. L'eau s'engouffra avec la jeune
femme dans le vestibule dallé de pierres blanches
d'une impeccable propreté. La baie donnant sur
la salle de séjour était ouverte, la pièce déserte.

De la cuisine surgit frau Müller, une femme
d'une soixantaine d'années, au visage poupin,
coiffée de bandeaux gris, et qui portait, sur un
corps rebondi, l'ancien costume des paysannes de
la région : corselet lacé, jupe ample et tablier
fleuri. Ses petits yeux noirs, mobiles, désapprou-
vèrent à la fois la flaque qui s'élargissait sur le
seuil et les chaussures boueuses de l'arrivante.

— Où est mon mari ? lui cria presque Marie-
Hélène.

Elle retirait la pointe qui couvrait sa tête. Ses
cheveux couleur d'automne, raides et fluides,

glissèrent sur ses épaules. Une glace, au-dessus
d'une console, renvoyait l'image d'une toute jeune
femme, petite et mince, aux yeux noisette déme-
surément élargis dans un visage plus attachant
que beau. Le teint avait la fraîcheur d'un pastel et
il émanait des traits tant de douceur qu'on oubliait
vite les lèvres un peu trop gonflées et les pommet-
tes un peu trop hautes.

Sa question étant restée sans réponse, elle la
posa de nouveau d'une voix frémissante d'anxiété.

— Monsieur dort, répondit posément la
femme, ou plutôt, *lieber Gott !* il dormait, car avec
le vacarme que Madame vient de faire, sûrement
qu'il va écourter sa sieste.

Frau Müller marcha vers l'entrée, repoussa
doucement le battant et bloqua le pène dans la
serrure.

— *Ach !* C'est bien vrai que les Français ne
savent pas fermer une porte, continua-t-elle, cette
fois dans le dialecte allemand des Lucernois. A
croire qu'ils ne se plaisent que dans les courants
d'air.

La maison lui appartenant, elle s'était offerte
pour « tenir le ménage » de ses locataires. Dis-
crète autant qu'efficace, elle n'apparaissait que
l'après-midi. Le reste du temps, elle vivait dans
un chalet à flanc de montagne. Marie-Hélène et
Laurent ne pouvaient lui reprocher qu'une tendance à se montrer abusivement maternelle.

Tout en épongeant le dallage, elle continuait de
monologuer. Marie-Hélène ne comprenait pas la
moitié de ses paroles, mais, à leur ton, devinait

des reproches. Soudain lasse, elle se prit à détester tout ce qui l'entourait.

— Quelle idée d'aveugler une maison à quatre heures de l'après-midi ! protesta-t-elle d'une voix sèche qui ne lui était pas habituelle.

— Aveugler une maison ? répéta l'autre sans comprendre.

— Oui, en tirer les volets, se barricader, s'impatienta Marie-Hélène. Ce n'est plus un logis, ici. C'est une prison.

Aussitôt, elle eut conscience de l'injustice de ses paroles. Derrière les volets clos, la maison n'inspirait aucune idée de tristesse. Toutes les lampes étaient allumées. Dans la pièce servant à la fois de salle à manger et de salon, un feu de bois brûlait et ses flammes dansantes accrochaient des reflets aux cuivres du vaisselier. Dans un angle du vestibule, des glaïeuls jaillissaient d'une jarre en grès vernissé.

Frau Müller s'était relevée et, indécise, vaguement peinée, se dandinait d'un pied sur l'autre, imprimant à son corps massif un lent mouvement de balancier.

— J'avais cru bien faire, balbutia-t-elle. Le brouillard s'infiltre partout et, pour Monsieur, ce n'est pas bon, toute cette humidité.

Marie-Hélène tressaillit et l'observa attentivement. Une sorte de pitié alanguissait le regard de la femme. Elle se demanda quelles théories cette âme simple avait pu échafauder. Mais, au moment où elle ouvrait la bouche pour affirmer avec force que son mari n'était pas malade, Laurent sortit de sa chambre.

De toute évidence, il émergeait du sommeil. Ses yeux très noirs, sous des sourcils bien arqués mais curieusement inégaux, cillèrent en passant de la pénombre à la lumière. Son polo était aussi froissé que son pantalon de flanelle blanche.

Il tira un étui de sa poche revolver et prit une cigarette. Il avait une manière bien à lui de faire ces gestes, de tenir sa cigarette entre deux doigts sans l'allumer, comme pour prolonger l'attente du plaisir qu'il allait éprouver en fumant.

Il leva les yeux vers sa femme. Marie-Hélène se sentit enveloppée par son chaud regard brun et reçut, comme une caresse, le sourire qui l'accompagnait. A cet instant, elle crut encore au bonheur.

Il lui adressa un clin d'œil malicieux et, se tournant vers la paysanne, il demanda en allemand :

— Que disiez-vous donc à propos du brouillard, frau Müller ?

— C'est tellement mauvais pour les poumons, Monsieur, que, pour l'empêcher d'entrer, j'ai pris sur moi de fermer tous les volets.

Il se campa au milieu du vestibule. Grand, athlétique, il avait trente-cinq ans, quinze années de plus que sa femme, et dégageait une impression de force tranquille que ne démentait pas son visage carré aux traits fermes. Son regard ouvert, pétillant d'intelligence, attirait les sympathies. Sa bouche un peu grande, au sourire éblouissant, était celle d'un homme sensible et bon.

— Ai-je l'air d'un monsieur qui redoute le brouillard, frau Müller ? tonna-t-il avec une sévérité parfaitement feinte.

— Je... Je ne sais pas, balbutia la femme en se balançant de plus belle. Je pensais... J'avais cru comprendre...

— Ne croyez que ce que je vous dis, frau Müller. L'humidité et moi, nous avons toujours fait bon ménage. Et, pour vous en convaincre, je vais de ce pas piquer une tête dans le lac. Voulez-vous assister au spectacle, frau Müller ?

Il éclata d'un rire joyeux, retourna dans sa chambre, en ressortit presque aussitôt, nanti d'un luxueux pull en cachemire et d'un peignoir de bain.

— Où sont les maillots ? demanda-t-il à sa femme.

— Dans la cabane du bateau, répondit-elle. Je t'accompagne, mon chéri.

L'idée de Laurent était insensée, mais Marie-Hélène ne s'en étonnait pas. Avec un plaisir ébloui, elle retrouvait le délicieux compagnon des premiers mois de son mariage, un Laurent qui, en dépit de sa maturité, pouvait se montrer, par moments, aussi espiègle qu'un jeune garçon.

Frau Müller était curieuse à observer. Elle avait cessé son dandinement. Les mains croisées sur son corselet, la bouche arrondie, elle couvait ses locataires d'un regard de poule effarée.

Laurent ouvrit la porte. L'averse s'était trans-

formée en crachin. Tout était uniformément gris.
Les arbres n'étaient plus que des ombres frissonnant dans le vent. Du lac toujours invisible
montaient de fades relents et le clapotement
rageur des vagues.

— Où avez-vous vu du brouillard, frau Müller ? demanda-t-il d'un ton rieur. Le brouillard est
une spécialité anglaise, inconnue en Suisse. Il fait
un temps splendide et ce léger voile qui masque le
soleil n'est qu'une brume de chaleur.

Il prit sa femme par la main et l'entraîna
vivement au-dehors.

Frau Müller s'avança sur le perron et recula
précipitamment, les cheveux trempés.

— *Donnerwetter !* (1) s'exclama-t-elle.

Elle les regarda courir, main dans la main, à
travers la pelouse en direction du lac.

— Aussi fous l'un que l'autre, marmotta-t-elle.
Ce qu'ils méritent, c'est d'attraper un bon rhume.

Mais il y avait comme une note de soulagement
dans sa voix.

— Tu comprends, je connais ce genre de
matrone, expliquait Laurent, assis près de Marie-
Hélène, bien à l'abri, sous la hutte protégeant la
barque d'Alpensee. Frau Müller cultive la peur
des microbes autant que celle des poussières et des
taches. J'en avais assez de ses regards apitoyés, de

(1) Fichtre !

ses allusions à ma mine. Certainement, elle s'était mis dans la tête que je venais chercher dans l'air de ses montagnes la guérison de quelque terrifiante maladie pulmonaire. Si je ne l'avais pas détrompée, elle aurait fini par laver notre vaisselle à l'eau de Javel.

Marie-Hélène ne répondit rien. Elle avait la sensation d'une boule logée quelque part dans sa gorge et, comme toujours lorsqu'elle était soucieuse, elle se mordillait le pouce.

Agacé par son silence, Laurent ajouta avec une soudaine brusquerie :

— C'est d'autant plus ridicule que je me sens en pleine forme. Oui, je sais... Tu penses que je ne l'ai guère prouvé depuis que nous sommes à Vitznau. Mais le voyage m'avait sonné. Je n'ai plus l'habitude de la voiture. Huit cents kilomètres au volant me fatiguent plus que huit mille en avion.

Le volant, il ne l'avait guère tenu pourtant, car, pendant la plus grande partie du trajet, c'était Marie-Hélène qui avait conduit. Et ce simple fait prouvait à quel point Laurent avait changé. Elle se souvenait du temps, si proche encore, où, aussi adroit à piloter une petite Austin qu'une Ferrari de course, il mettait un point d'honneur à ne jamais se laisser conduire par une femme, fût-ce la sienne.

Puis elle s'interdit les retours déchirants sur le passé. Il était là, près d'elle, et c'était l'essentiel. Les paroles qu'il prononçait et qu'elle écoutait à peine, s'écartaient bien quelque peu de la vérité, mais la voix, même bourrue, coulait comme une musique à ses oreilles. Aussi longtemps que cette voix l'envelopperait, elle pourrait encore sourire et aimer la vie.

Il était là, son épaule à la fois si dure et si douce touchant la sienne, et ce contact lui apportait une chaude sensation de bien-être. A condition de l'isoler dans le présent, l'instant qu'elle vivait recélait encore une part de vrai bonheur.

— Tu m'écoutes ? demandait Laurent.

Elle s'arracha à son tiède engourdissement et tourna la tête vers lui. La lumière, d'un gris de perle, qui baignait en plein les traits de son compagnon, en accusait la fatigue. L'angoisse l'étreignit de nouveau. C'en était fini de sa joie. Pour la conserver, elle n'aurait pas dû regarder Laurent. La rivale, contre laquelle elle s'efforçait en vain de lutter, avait comme remodelé ce visage à sa guise, creusant les tempes, burinant les traits au point de dessiner deux rides verticales près de la bouche. Certes, le changement n'était encore perceptible que pour le regard aimant de Marie-Hélène, mais à moins d'un miracle, il apparaîtrait bientôt aux yeux de tous, car « l'autre », comme l'appelait la jeune femme, était toujours présente. Cruelle, envahissante, insaisissable, elle ne lâchait plus sa proie.

A cause de cette implacable maîtresse, Laurent avait passé le début de l'été dans une clinique parisienne. Il y était entré exsangue, sur une civière. Plusieurs transfusions l'avaient sauvé et, depuis deux mois, il avait pu reprendre une existence presque normale.

C'était là, dans le silence feutré d'un cabinet médical, que Marie-Hélène avait connu le nom de son ennemie, un nom qui apporte avec lui tant de désespérance que nul ne peut l'entendre sans ressentir au cœur une sourde angoisse.

Ce nom, que Marie-Hélène avait dissimulé à son mari et qu'elle-même refusait de prononcer, était celui de leucémie.

Parce qu'elle avait insisté pour connaître la vérité, un homme en blanc, grave, un peu guindé, avait articulé les trois terrifiantes syllabes sans détourner les yeux d'un dossier ouvert sur son bureau. Après avoir parlé, il avait relevé la tête et observé la frêle jeune femme qui, le buste raide, avait accueilli la sentence par un silence incrédule.

D'un geste convaincant, il avait alors désigné les fiches éparses devant lui.

— Hélas ! madame, les examens hématologiques sont formels. Il s'agit d'un cancer du sang : une leucémie myéloïde avec poussées évolutives entrecoupées de rémissions plus ou moins longues...

Puis, avec un peu d'emphase, il avait tenté d'expliquer à Marie-Hélène le processus de cette maladie, goule dévorante contre laquelle tout combat, actuellement, est perdu d'avance.

A travers le pathos des termes trop savants, Marie-Hélène avait compris que l'ennemie disposait d'armes redoutables et semblait solidement installée dans la place. Cependant, par un curieux réflexe de révolte, sur le moment, elle avait refusé de croire au maléfique pouvoir de sa rivale. Laurent et elle, mariés depuis deux ans, formaient un couple uni, indestructible. Ils étaient Vie et Amour, hors de l'atteinte du mal. Spécialisé dans les reportages de cataclysmes, qu'ils fussent inondations, tornades, guerres ou éruptions volcaniques, Laurent avait l'habitude du danger. S'il arrivait à Marie-Hélène de trembler pour lui, en revanche, elle ne doutait jamais de sa réussite.

— La chance me protège, disait volontiers Laurent, qui aimait à évoquer la prédiction qu'une vieille femme berbère lui avait faite, après le tremblement de terre d'Agadir, alors qu'il s'aventurait dans les ruines de la ville :

« Tu n'auras jamais aucun péril à redouter, fils. La baraka est sur ton front. »

L'accident, la maladie, la mort, il n'en parlait jamais. Cela concernait les autres. Pas lui. L'hémorragie qui l'avait brutalement épuisé étant survenue au retour d'un reportage effectué au Mexique, par une chaleur torride et éprouvante, il avait incriminé le soleil sans s'alarmer outre mesure.

Marie-Hélène avait exigé qu'on ne lui ôtât point ses illusions.

Elle-même n'avait cru qu'avec réticence aux révélations du docteur. Après tout, les médecins n'étaient pas infaillibles. Certes, à travers leurs microscopes, ils avaient suivi les ravages de « l'autre » et constaté son insidieuse conquête. Mais son emprise sur Laurent pouvait n'être que temporaire. Il lui appartiendrait à elle, Marie-Hélène, d'être vigilante et de mener le combat. Toutes les armes lui seraient bonnes. Celles que la Science mettait à sa disposition lui paraissant insuffisantes, qu'elle se disait qu'il en existait sûrement d'autres que son amour pour Laurent lui ferait découvrir.

Depuis qu'elle connaissait son mari, elle avait dû livrer bien des batailles pour défendre son bonheur. Chaque fois, elle en était sortie victorieuse.

Par sa virile beauté, son aisance, son esprit brillant, Laurent captait l'attention des femmes. Quelques-unes, très éprises, ne cessaient de déployer leurs charmes pour le séduire. Mais la douce Marie-Hélène, déjouant leurs ruses, avait jusqu'alors réussi à les éclipser toutes.

« L'autre » n'est qu'une rivale de plus à combattre, s'était-elle dit en quittant la clinique ; aussi sournoise que toutes celles qui gravitent autour de lui, mais assurément moins envahissante que Lucile. Et puisque j'ai triomphé de la plus dangereuse, je vaincrai facilement celle-là. »

Le sentiment de son impuissance ne lui vint que beaucoup plus tard.

CHAPITRE II

Perdue dans ses souvenirs, Marie-Hélène continuait de regarder sans la voir la barque d'Alpensee qui tanguait doucement au rythme des vagues.

— Je me demande à quoi tu rêves, s'impatientait Laurent. Pour la troisième fois, je te pose la même question sans que tu daignes y répondre. Sommes-nous vraiment obligés de macérer dans cette humidité, alors que la météo annonce du beau temps dans l'ouest de l'Europe ?

Marie-Hélène émergea de son cauchemar et cessa de mordiller son pouce.

— La brume finira bien par se dissiper. Attendons encore quelques jours, supplia-t-elle.

— Attente sans espoir, remarqua sentencieusement Laurent. Il serait plus sage d'aller chercher le soleil là où il daigne se montrer. Bouclons nos valises, disons adieu à frau Müller et reprenons, dès ce soir, la route de France.

— Non, je t'en prie, dit Marie-Hélène d'un ton pressant. Tu t'es accordé un mois de repos. N'essaie pas de tricher. Le retour en France, je sais trop ce qu'il signifie. A peine arrivé à Paris, tu files au journal, histoire d'apprendre d'où souffle le vent, et vingt-quatre heures plus tard, tu m'abandonnes pour un tremblement de terre au Pérou ou une éruption volcanique aux îles de la Sonde. Notre séjour ici, dans cette région où nous avons passé notre lune de miel, je l'ai trop désiré, trop attendu, pour y renoncer au bout de cinq jours.

Ce n'était qu'une demi-vérité. Elle ne pouvait pas lui dire qu'elle avait choisi les bords du lac des Quatre-Cantons dans un tout autre dessein que de retrouver les troublants souvenirs des premiers jours de son mariage.

Certes, trois mois plus tôt, à elle seule, cette quête eût justifié le voyage. Mais le combat qu'avait entrepris la jeune femme avait quelque peu émoussé ce qui subsistait en elle de romanesque. Ce qu'elle attendait de leur séjour à Vitznau, c'était le remède miracle qui guérirait Laurent.

Un article, dans une revue médicale, lui ayant appris qu'un médecin, le docteur Kaufmann, installé près de Lucerne, avait découvert un médicament qui guérissait certaines leucémies, elle s'était promis de conduire Laurent chez ce sauveur. Le plus difficile restait à accomplir, car il ne fallait pas que son mari soupçonnât la nature du mal qui le rongeait.

La meilleure solution consistait à appeler le praticien au chevet de Laurent, et cela à la première alerte : hémorragie ou syncope. Elle connaissait par cœur le numéro de téléphone du docteur Kaufmann. Elle était même allée rôder, aux environs de Lucerne, près de son domicile. La vue d'une imposante maison avec la plaque en cuivre portant le nom du praticien, lui avait donné un sentiment de réconfort.

Après son séjour en clinique, Laurent avait essayé de reprendre ses activités de reporter, mais les fréquents accès de fièvre qui l'épuisaient l'avaient empêché d'accepter les missions lointaines qui lui étaient offertes.

« Transfusions et médicaments lui assurent une survie de quelques semaines, voire de deux ou trois mois, avait dit à Marie-Hélène le médecin de la clinique parisienne. Passé ce délai, il est à craindre que de graves accidents hémorragiques se produisent. Mais une nouvelle rémission pourra encore être obtenue par l'application de rayons X ou par une greffe de moelle osseuse... »

Marie-Hélène avait repoussé avec horreur ces traitements de la dernière chance. Les faire subir à Laurent, c'eût été lui révéler une vérité qu'il n'eût sûrement pas supportée.

Tout l'espoir de la jeune femme se tendait maintenant vers ce médecin lucernois. Coûte que coûte, il examinerait son mari. La première partie du plan était réalisée, il ne fallait pas qu'un coup de tête de Laurent compromît le succès final.

Comme un grand souffle de vent effilochait soudain la brume, elle insista en désignant une cime enneigée qui apparaissait dans une auréole de ciel bleu.

— Un peu de patience, le voilà le beau temps.

Je te promets pour ce soir un coucher de soleil des plus romantiques.

Sur le lac, le brouillard devenait plus léger. A travers ce voile ténu, l'eau se nuançait d'un gris tendre d'opale.

Laurent secoua la tête, nullement convaincu.

— Tant que le vent soufflera de l'ouest...

— Ne joue donc pas les mauvais augures, plaisanta-t-elle. Tu ne connais rien aux subtilités de la météo.

C'était vrai, mais Laurent n'aimait pas qu'on lui rappelât ses lacunes, même lorsqu'elles n'avaient pas plus d'importance que celle-ci.

— Pas besoin d'être bien savant pour prédire du crachin à brève échéance. Tous les sommets sont bouchés, ajouta-t-il en affectant, avec une évidente mauvaise foi, de ne pas regarder celui que sa femme lui avait désigné. J'ai une indigestion de nuages. Vitznau sous la pluie, ce n'est pas le Vitznau de notre lune de miel. Nos souvenirs sont noyés, engloutis. Ni toi ni moi ne les retrouvons, et cette quête inutile nous agace... Non, non, ne proteste pas, continua-t-il en la bâillonnant tendrement de sa paume.

Il l'attira vers lui et, joue contre joue, poursuivit d'un ton câlin :

— Tu es déçue, je l'ai senti dès notre arrivée et cette désillusion t'a fait perdre ton air de bonheur que j'aimais tant. Mon « Alice au Pays des Merveilles » est en train de sombrer doucement dans la mélancolie, mais refuse d'en convenir. C'est donc à moi qu'il appartient de stopper cette chute vers la dépression nerveuse ; aussi, j'interromps le pèlerinage. Demain, nous fermerons Alpensee et partirons retrouver le soleil en Bretagne.

— Non, protesta Marie-Hélène en se raidissant.

— Mais si, petite fille, insista Laurent en lui tapotant paternellement l'épaule. A Tréguier, je serai presque aussi éloigné qu'ici de mon journal. Donc, aucune objection, puisque nos vacances continueront. Nous séjournerons au manoir de Kervrahen, où Grannie sera tout heureuse de nous accueillir. Et si tu désires retrouver des souvenirs, tu seras servie, puisque c'est à Tréguier que nous nous sommes connus.

Il s'interrompit, rêva quelques instants, son visage éclairé d'un sourire ému.

— C'était encore au temps béni où Grannie avait pour la servir sa fidèle Maria, continua-t-il. Je revois la joie de Maria, lorsque Grannie l'avait autorisée à faire venir près d'elle, pour les vacances, sa petite-nièce, pensionnaire d'un orphelinat parisien : « Une gamine adorable qui remportait tous les prix d'excellence... » Moi, j'attendais cette merveille avec curiosité. Et, quand tu es arrivée, je t'ai trouvée laide, avec des nattes impossibles, des socquettes, des genoux écorchés et des ongles rongés.

— Je suis encore laide, dit Marie-Hélène d'une pauvre petite voix.

Laurent regarda amoureusement sa femme.

— Et puis, chaque année, les vacances me rendaient une Marie-Hélène toujours plus jolie et, lorsque je t'ai épousée, tu étais devenue une jeune fille ravissante. Tu te souviens de nos promenades au clair de lune dans le parc de Kervrahen?... Et du baiser, le premier, je crois, que je t'ai volé sous l'œil réprobateur de saint Yves?

Mais Marie-Hélène refusait de se laisser attendrir. Elle se dégagea, ripostant, un peu oppressée :

— Tu ne me convaincras pas. C'est à Vitznau que je veux passer mes vacances et, dès que le temps le permettra, nous irons à Engelberg, que je ne connais pas. Tu me l'as promis. Je me moque des côtes bretonnes. C'est de glaciers et de pentes neigeuses que je rêve.

Le ton de sa voix surprit Laurent.

— Qu'as-tu? demanda-t-il, mécontent. Te voilà hérissée comme une chatte en colère. Ai-je dit quelque chose qui t'a déplu?

Elle se reprit et se força à lui sourire.

— Mais non. Je ne veux pas aller en Bretagne. C'est tout.

Les sourcils froncés, Laurent l'observa, cherchant à deviner les raisons de son entêtement.

— Tu n'aimes pas Grannie? demanda-t-il avec inquiétude.

— Oh! si, dit-elle, sincère. Mais ce n'est pas une raison suffisante pour que je vole vers elle sans attendre. Nous irons la voir, bien sûr, mais plus tard. Pas maintenant.

— Pourquoi?

Elle soupira sans répondre. La discussion était inutile. Certes, elle aurait pu objecter que c'était une folie de quitter Alpensee, alors que la location en était réglée jusqu'à la fin du mois de septembre. Mais Laurent, d'un naturel assez prodigue, ne s'arrêtait jamais à des détails de ce genre. S'il s'était mis dans la tête de finir ses vacances dans le manoir de sa grand-mère, rien ne l'en ferait démordre. S'opposer ouvertement à son projet, c'était le lui enfoncer plus solidement encore dans l'esprit.

Elle biaisa.

— Restons ici jusqu'à la fin de la semaine. Si vraiment dans trois jours le soleil ne se montre pas, nous prendrons le chemin de la Bretagne.

— Je t'accorde jusqu'à demain midi. Pas une heure de plus.

Il s'avança jusqu'au bord du lac et scruta l'horizon. Un bateau blanc, à aubes, vide de touristes, glissa devant lui en direction de Lucerne. Des mouettes le suivaient en criaillant. Dans un grand remous de vagues, la barque d'Alpensee se mit à rouler d'un bord sur l'autre, puis tout s'apaisa. La rive opposée était maintenant visible avec ses entailles et ses promontoires, mais des nuées grises encapuchonnaient le sommet des montagnes qui la surplombaient.

Laurent se retourna. Son beau visage avait une expression ardente et volontaire. Il adressa à sa femme un clin d'œil ironique.

— Prépare les valises, ma chérie.

Elle le sentit tout frémissant d'impatience et devina qu'à cet instant son esprit avait déjà quitté

Vitznau pour Tréguier. Dieu seul savait ce qu'il attendait secrètement de ce voyage !

« Est-ce possible, se demandait Marie-Hélène, qu'il sache, lui aussi, que cette année Lucile passe justement le mois de septembre à Kervrahen ? »

Elle en oublia sa hantise. « L'autre » s'effaçait provisoirement derrière une rivale d'autant plus dangereuse qu'il s'agissait de la propre belle-sœur du couple.

Alors qu'elle exerçait la profession de médecin dans une petite ville du Midi, Lucile avait rencontré, aux sports d'hiver, Paul Brémont, le frère aîné de Laurent. De cinq ans plus âgé que son cadet, Paul était magistrat et disposait d'une confortable fortune.

Six mois après avoir épousé Lucile, Paul se tuait accidentellement en pilotant son avion personnel.

Sa veuve qui, peu de temps après son mariage, avait abandonné sa carrière médicale, s'était alors consacrée à la recherche scientifique. Elle habitait près de Paris, dans la vallée de Chevreuse, une vaste propriété, flanquée d'un laboratoire où pullulaient rats, lapins et cobayes.

A trente-cinq ans, c'était une femme cultivée, au charme un peu trouble, qui attirait spontanément les hommages masculins. Grande, mince, très brune, elle séduisait par une chaude beauté de méridionale. Laurent parlait d'elle avec une affection admirative. Grannie, elle, vantait son intelligence à tout propos.

Seule, Marie-Hélène, qui savait à quoi s'en

tenir sur la valeur de Lucile, réservait son jugement.

Par l'indiscrétion d'une amie, secrétaire à l'As-
sociation générale des médecins de France, elle
avait appris pourquoi sa belle-sœur s'était orientée
vers la recherche, après avoir exercé pendant cinq
ans comme doctoresse. A la suite d'un manque-
ment à la morale médicale, un blâme du Conseil
de l'Ordre des médecins l'avait contrainte à
abandonner sa clientèle.

Cette révélation n'avait qu'à moitié surpris
Marie-Hélène qui avait, depuis longtemps, percé
à jour la double personnalité de Lucile. Mais,
soucieuse de ne pas peiner ceux qu'elle aimait, la
jeune femme avait gardé son secret pour elle.
Seulement elle se méfiait de sa belle-sœur et
l'évitait le plus possible.

Pourtant, elle avait dû l'appeler au moment de
la grave crise qui avait terrassé son mari. Laurent
qui, de sa vie, n'avait jamais consulté un médecin,
n'avait confiance qu'en Lucile.

Marie-Hélène reconnaissait qu'en cette circonstance Lucile avait commencé par être parfaite.
Son efficience, sa présence d'esprit avaient probablement sauvé Laurent. Tout de suite, elle avait
deviné la gravité des symptômes. Comprenant
qu'aucun remède hémostatique ne viendrait à
bout de l'hémorragie, elle avait pris immédiatement la décision de confier Laurent à un de ses
amis, médecin-chef dans une clinique près du bois
de Boulogne.

Ensuite, s'arrogeant des droits que Marie-

Hélène avait jugés abusifs, elle n'avait plus guère quitté le chevet du malade. Sa façon de poser sur Laurent un regard noyé de tendresse avait donné un choc à Marie-Hélène. Aucun doute, cette femme était amoureuse. Certes, Marie-Hélène avait depuis longtemps soupçonné l'attrait de Laurent sur sa belle-sœur. Trois ans auparavant, peu après la mort de Paul, au cours d'un séjour à Kervrahen, elle avait vu Lucile tenter de séduire Laurent par des regards énamourés et des attitudes audacieuses. Mais le fait que le jeune homme eût choisi pour femme la moins provocante de ses admiratrices avait donné à Marie-Hélène un sentiment de triomphe et de sécurité.

Elle savait que Lucile profitait de la plupart des aventures qui s'offraient, sans y attacher d'importance. Ce qui guidait son choix, c'était le bénéfice qu'elle pouvait en tirer. Or, de Laurent, elle ne pouvait espérer aucun avantage matériel. Il était moins riche qu'elle et ne possédait aucune relation dans le monde médical ou scientifique qui eût pu l'aider dans sa nouvelle carrière.

Au fil des jours, Marie-Hélène avait alors assisté aux progrès d'une passion que Lucile ne cherchait même plus à dissimuler. Plus tard, sous le fallacieux prétexte de surveiller le traitement du convalescent, Lucile était devenue l'hôte assidue des jeunes gens. Elle avait pris l'habitude de partager, chaque soir, leur dîner. Le sourire aux lèvres, les bras chargés de fleurs ou de mets coûteux, elle arrivait dans le coquet appartement qu'ils occupaient au dernier étage d'un immeuble

proche du Luxembourg. Ignorant Marie-Hélène,
elle offrait à Laurent un regard de velours et
s'inquiétait de sa santé.

— Voilà mon ange gardien, disait Laurent tout
attendri.

A la fin, Marie-Hélène en eut assez des balance-
ments de hanches, des jambes croisées trop haut
et des décolletés affolants de sa belle-sœur. Laurent avait beau affecter de ne rien voir, c'est tout
de même enivrant pour un homme de se savoir
aimé par une autre femme que la sienne. Il fallait à
tout prix l'empêcher de succomber à la tentation.

Un après-midi qu'il était au journal, Marie-
Hélène prit le volant de sa petite voiture, traversa
Paris et fila en direction de la vallée de Chevreuse.

Elle trouva Lucile dans son laboratoire où, en
blouse blanche, elle surveillait deux aides qui
badigeonnaient de goudron les oreilles d'une
portée de souris.

— Quel est le but de cette expérience?
demanda Marie-Hélène, dégoûtée.

— Intriguer les ignorants et les obliger à poser
des questions idiotes, répondit Lucile du bout des
lèvres.

Puis elle entraîna la jeune femme dans son
bureau personnel, une pièce ripolinée, froide et
dépouillée comme une salle de clinique.

— Qu'est-ce qui me vaut, aujourd'hui, la surprise de votre visite? demanda-t-elle d'un ton
anxieux. Rien de grave du côté de Laurent,
j'espère?

— Si.

La crispation de souffrance qui dérangea soudain les traits harmonieux de Lucile donna à Marie-Hélène le courage de continuer.

— J'ai décidé qu'à l'avenir mon mari se passerait d'ange gardien.

Les sourcils de Lucile se rapprochèrent dangereusement.

— Je ne comprends pas.

— C'est pourtant clair.

Nullement impressionnée par l'attitude résolue de sa jeune et frêle belle-sœur, Lucile éclata d'un rire moqueur.

— Est-ce que vous vous imaginez que je vais prendre au sérieux vos caprices d'enfant gâtée ?

— A votre tour, ne posez donc pas de question idiote, répliqua froidement Marie-Hélène. C'est inutile que vous reveniez chez moi. Ni ce soir, ni un autre jour. Malgré mon ignorance, je me crois assez compétente pour veiller seule sur la santé de mon mari.

Elle fit volte-face, mais Lucile, aussi vive qu'elle, la devança et s'adossa à la porte pour l'empêcher de sortir.

Marie-Hélène eut un moment de panique. L'altercation l'avait brisée. En outre, elle se sentait à court d'arguments pour tenir tête à une adversaire qui avait coutume de l'écraser par son intelligence et sa subtilité.

— Nous n'avons plus rien à nous dire, décidat-elle en rassemblant ce qui lui restait de courage.

— Oh ! mais si.

Les bras croisés, Lucile la toisait sans bouger.

Sur sa bouche aux coins aigus, s'effilait un mince
sourire, tandis qu'elle continuait d'un ton dédaigneux :

— A mon tour de vous dire ceci : Laurent a
besoin de moi. Si vous ne l'avez pas compris, c'est
que vous êtes encore plus stupide... ou moins
amoureuse que je ne le pensais.

Marie-Hélène se rebiffa.

— Je vous interdis...

— Vous n'avez rien à m'interdire. Dessillez
vos yeux, pauvre sotte. Les temps sont changés.
Laurent n'est plus celui qui choye et qui protège,
mais un condamné qui a besoin de recevoir au lieu
d'offrir.

— Vous ne m'apprenez rien, dit posément
Marie-Hélène. Mais je suis capable de lui apporter, moi-même, ce dont il a besoin.

Un éclair d'ironie dans le regard sombre qui la
défiait réveilla sa combativité.

— ...Et, en dépit de ce que vous pensez,
ajouta-t-elle avec bravade, mon amour suffit à le
combler.

— Permettez-moi de ne pas être de votre avis,
car, dans ce domaine, vous n'êtes qu'une enfant,
constata Lucile d'un ton doucereux. En outre,
vous n'êtes guère qualifiée pour veiller sur sa
santé. Quand je pense que vous tremblez de peur
à la vue d'une seringue et d'une aiguille...

— Votre mauvaise foi vous rend injuste, protesta Marie-Hélène. Si j'ai refusé de lui faire, moi-
même, ses piqûres, c'est uniquement parce que,
me méfiant de mon inexpérience, je craignais de le

blesser. Maintenant que je vous ai observée, je me juge capable de prendre le relais. Et même si je suis trop maladroite, une infirmière se chargera de ce travail.

— Non, décida sèchement Lucile. Moi seule puis le soigner efficacement et, qui sait ? peut-être le guérir. Vous voyez bien que, de gré ou de force, vous ne vous passerez pas de moi.

C'était plus que Marie-Hélène ne pouvait supporter. Excédée, n'ayant plus d'autre issue que la colère, elle riposta d'une voix vibrante :

— Ce n'est pas d'une amoureuse que mon mari a besoin, mais d'un bon médecin.

— Auriez-vous oublié que je suis aussi médecin ?

— Vous ne méritez plus ce titre. Je le sais. .

La réplique avait fusé, cinglante. Lucile blêmit, touchée au cœur.

« Elle ne l'a pas volé, pensa Marie-Hélène. Cette façon qu'elle a eue d'appuyer sur « aussi », avec son petit sourire déplaisant pour me narguer. »

Un silence, lourd de rancunes non exprimées, tomba entre elles. Enfin, Lucile articula avec effort :

— Qu'en savez-vous ?

Sa voix plus basse avait pris des sonorités métalliques.

— Je connais toutes vos turpitudes, toutes, vous m'entendez ? explosa Marie-Hélène.

En réalité, elle ignorait les motifs du blâme du

Conseil de l'Ordre, mais la colère lui ôtant tout bon sens, elle poursuivit du même ton véhément :

— ...Votre morale personnelle consiste en recettes habiles, propres à vous tirer d'affaire en toutes circonstances. Mais il faut croire qu'elles ne sont pas toujours bonnes puisque l'une d'elles vous a conduite au scandale.

Les yeux de Lucile n'étaient plus que deux fentes rétrécies par où coulait la peur.

— C'est Paul, à Kervrahen, qui vous avait si bien renseignée ?

— Naturellement, mentit Marie-Hélène avec aplomb.

Affirmation inexacte mais plausible. Paul aimait bien Marie-Hélène et lui faisait volontiers des confidences qu'il n'eût répétées à personne d'autre. C'est ainsi qu'elle avait appris que, sous des apparences paisibles, son union avec Lucile était un échec. Mais Paul n'avait jamais soufflé mot du scandale qui avait privé sa femme du droit d'exercer son métier.

— Et avec qui partagez-vous maintenant ce secret ?

Le regard aigu de Lucile fouillait le visage de Marie-Hélène à la recherche de la vérité.

Dans une lueur de fol espoir, la jeune femme entrevit le moyen d'écarter définitivement cette rivale.

— Avec personne, affirma-t-elle. Je l'ai gardé pour moi et le garderai aussi longtemps que vous resterez à l'écart de mon foyer.

Lucile ne répondit pas immédiatement. Elle

avait fermé les yeux et ses lèvres fardées apparaissaient comme une blessure dans son visage pâli. Elle respirait vite avec une sorte d'oppression.

Lorsqu'elle releva les paupières, la peur l'avait désertée et il ne restait en elle qu'une grande lassitude.

— Vous avez gagné, dit-elle lentement. Je ne reviendrai plus chez vous. Et je vous jure que, si vous tenez votre promesse, je tiendrai la mienne. Mais prenez garde, Marie-Hélène...

Elle se pencha vers sa belle-sœur, si près que celle-ci distingua le grain soyeux de sa peau. Son regard était traversé de lueurs haineuses.

— Oui, prenez garde, poursuivit-elle. Grannie et Laurent doivent continuer d'ignorer un fait qui d'abord les blesserait, ensuite ferait germer dans leur esprit de déplaisantes questions concernant la mort de Paul. Dieu sait que je ne suis pour rien dans l'accident qui a coûté la vie à mon mari. Mais, lorsque le doute est semé, la suspicion germe. Aussi, je vous conseille de tenir votre langue. Je passe le mois de septembre à Kervrahen, et si j'ai vent de quelque indiscrétion, je me vengerai cruellement, Marie-Hélène.

Elle se redressa et s'écarta de la porte. Marie-Hélène passa devant elle sans la saluer. Lucile la retint quelques secondes encore. Ses doigts s'incrustaient dans le bras de la jeune femme.

— De tout mon amour pour Laurent, je souhaite que vous ne regrettiez jamais votre décision. Un jour, peut-être, vous vous repentirez de m'avoir empêchée de le soigner. Et, ce jour-là, il sera trop tard.

A travers l'âpreté du ton, Marie-Hélène avait cru percevoir l'écho d'une prophétie qui l'avait glacée d'appréhension.

A Laurent, qui s'était étonné du silence subit de Lucile, elle avait répondu que leur belle-sœur effectuait, pour son travail, un voyage impromptu à l'étranger.

Curieusement, Laurent avait paru soulagé. Afin d'en avoir plus vite fini, il avait alors décidé de doubler les doses de comprimés prescrits par Lucile. Quant aux ampoules, il s'opposa à ce qu'une infirmière vînt les lui injecter. Lorsque Marie-Hélène proposa ses services, il lui rit gentiment au nez.

— Mon pauvre chou, tu ne sais pas recoudre un bouton sans casser ton aiguille. Deux piqûres par tes soins et je ne pourrais plus m'asseoir !

Et, sans se soucier des protestations de sa femme, il décréta que « c'étaient ces saletés qui provoquaient ses accès de fièvre ». Et il jeta toutes les ampoules à la poubelle.

Avant de partir pour Vitznau, il refusa de revoir le médecin-chef de la clinique.

— Sa tête ne me revient pas, décréta-t-il.

Parce que celui-ci était un ami de Lucile, Marie-Hélène n'avait pas insisté.

Et puis quelle importance, au fond, qu'une

consultation de plus ou de moins ? Le salut n'attendait-il pas Laurent à Lucerne, chez le docteur Kaufmann ?

CHAPITRE III

Dans la soirée, ils eurent tout de même droit au coucher de soleil prédit par Marie-Hélène.

Pour mieux le contempler, la jeune femme entraîna son mari sur la route qui suit les méandres de la rive. Elle proposa d'allonger leur promenade jusqu'à Vitznau, distant d'un kilomètre, afin d'acheter les cigarettes que Laurent réclamait depuis le dîner.

Il accepta mais s'arrêta au bout d'une centaine de mètres, à un rond-point en corniche où, sous une voûte de magnolias, des bancs sont installés, face au lac, par une municipalité soucieuse du confort de ses hôtes.

Marie-Hélène s'étonna mais n'en laissa rien paraître. En général, Laurent détestait les « points de vue » officiels. A ces pièges à touristes, dûment recensés, il préférait le rocher, inconfortable mais solitaire, ou bien l'échappée entre deux haies, d'où la vue plonge sur un paysage palpitant de lumière.

La terrasse qu'il avait choisie, malgré ses bancs

mouillés et l'eau qui dégouttait des arbres à chaque souffle d'air, recelait déjà une demi-douzaine d'Anglais, frais émoulus d'un car, et béats d'admiration devant la somptueuse clarté rouge et or qui ruisselait du ciel sur le lac.

Un banc était libre. Laurent s'y laissa tomber.

— Regarde dit-il à Marie-Hélène en désignant entre les nuages la balafre sanglante qui coupait l'horizon et rosissait le ciel alentour, on jurerait un tableau de Claude Lorrain.

Ostensiblement, il gardait la tête tournée vers l'ouest, ne laissant voir à sa femme qu'une partie de son profil.

Alertée par un léger tremblement dans la voix aimée, Marie-Hélène refusa de se laisser distraire. Dédaignant le spectacle qui se jouait sur le lac, elle concentra son attention sur Laurent.

Alors que le jour crépusculaire éclairait les visages d'une lueur rose, celui de Laurent, refusant le fard, semblait sculpté dans une pierre translucide et laiteuse. De fines perles de sueur luisaient à son front, sur les tempes et au-dessus de sa bouche. Les muscles des mâchoires se crispaient comme sous l'étreinte de la souffrance. Ses doigts durs et nerveux déchiquetaient un rameau feuillu, qu'il avait arraché à l'un des poivriers du jardin d'Alpensee.

Marie-Hélène eut une seconde de vertige qu'elle domina aussitôt. Surtout ne pas perdre la tête. « L'autre » attaquait, mais en quel endroit frappait-elle ? Questionner Laurent, c'était s'exposer à une réponse du genre : « Mais je n'ai mal nulle part. Quelle idée ! »

Il fallait l'obliger à rentrer d'urgence. Mais là encore, elle devait manœuvrer adroitement pour ne rien lui laisser soupçonner de ses alarmes.

Au cours de l'angoissante attente qui était son lot depuis plus de deux mois, elle avait appris l'art de la dissimulation. Elle se glissa près de lui, s'accrocha à son bras et inclina une tête dolente sur son épaule.

— Ne restons pas ici, mon chéri. Je suis frigorifiée.

En guise de réponse, Laurent empoigna à pleines mains le fin linon du chemisier de sa femme et lui bouchonna le dos avec ce tapon improvisé.

— Rien d'étonnant que tu aies froid, maugréat-il d'une voix altérée. Tu t'habilles comme si nous étions en pleine canicule.

A côté d'eux, l'œil au viseur de leur appareil photographique, les Anglais exprimaient leur admiration avec tous les superlatifs de leur langue.

— Ces gens me fatiguent, chuchota Marie-Hélène. Rentrons à Alpensee.

Il laissa passer un long silence avant de répondre d'une voix à peine audible :

— Tout à l'heure. Imprègne d'abord ton âme d'un spectacle que tu as attendu pendant cinq jours.

Marie-Hélène soupira et baissa les yeux Elle ne put retenir une exclamation d'effroi.

Les jambes croisées, Laurent balançait machi-
nalement un de ses pieds, nus dans des spartiates.
Ses chevilles étaient violettes et la peau boursou-
flée semblait prête à éclater.

— Tu... tu as été piqué ? balbutia-t-elle.

Il tourna vers elle un visage décomposé où
flottait une expression hagarde.

Les touristes bavardaient entre eux sans se
soucier de leurs voisins.

— Piqué où ? Je ne comprends pas ce que tu
veux dire.

— Là, tes chevilles... Regarde.

Il sortit son mouchoir, s'essuya le front et le
visage d'un geste las, prit une profonde inspiration et abaissa enfin son regard vers le sol.

Un peu de couleur lui revenait et ses traits
s'animaient de nouveau. Marie-Hélène ne voyait
pas ses yeux.

— Mes chevilles ?... Ah ! C'est curieux.

Il décroisa les jambes, fit jouer un pied puis
l'autre. Il releva le bas de son pantalon et le baissa
aussitôt. Malgré la rapidité du geste, Marie-
Hélène avait eu le temps d'apercevoir avec épouvante que les ecchymoses se prolongeaient le long
de la jambe.

— Rien d'étonnant, continuait Laurent d'un
ton insouciant. Tout à l'heure, sur la route, je me
suis tordu le pied.

Marie-Hélène se domina et réussit à articuler
d'une voix à peu près normale :

— C'est pour cette raison que tu as fait halte
aussi rapidement ?

— Bien sûr.

— Mais si tu ne t'es foulé qu'un pied, pourquoi l'autre est-il enflé, lui aussi ?

— Par sympathie, petite fille.

Il se retourna vers elle et, pour la rassurer, lui sourit avec tendresse. Ses yeux noirs avaient repris leur éclat ironique, mais au fond des prunelles subsistait un peu de cette angoisse que le malaise avait fait lever en lui.

Elle coula sa main dans celle de Laurent. A la moiteur de la paume, elle comprit que la fièvre le dévorait. Soucieuse de ne pas lui laisser deviner ses craintes, elle gonfla ses lèvres en une moue enfantine et gronda d'un ton faussement enjoué :

— Tu ne seras jamais sérieux. J'ai l'impression que tu as été victime d'un insecte. D'une araignée, probablement. Oui, ça ne m'étonnerait pas. Je sais qu'il en existe d'aussi venimeuses que des scorpions, et comme leur morsure est indolore...

Elle disait n'importe quoi, désireuse surtout de distraire l'attention de Laurent. Mais en même temps elle pensait avec une inquiétude grandissante :

« Je sais ce qui lui arrive. Le médecin de la clinique l'avait prévu : rupture des capillaires. Il a même appelé cet accident d'un nom barbare que j'ai oublié... Mon Dieu ! Je vous en prie, faites que l'hémorragie ne se généralise pas... »

— Oui, approuvait Laurent. Tu as raison. J'ai dû récolter une saleté de bestiole dans le hangar à bateau. Tu n'as pas besoin de t'affoler. Ce n'est pas grave.

— Je ne m'affole pas, dit-elle doucement, mais il serait plus sage de ne pas s'éterniser ici. Tu vas m'attendre pendant que j'irai chercher la voiture...

— Non, protesta Laurent, d'un ton sans réplique. Je suis encore capable de marcher.

Elle n'insista pas, sachant qu'un excès de sollicitude l'agacerait. Laurent, si tendre, si attentionné avec elle, était dur, presque inhumain avec lui-même et refusait toujours les solutions faciles. Par une sorte d'orgueil, il mit un point d'honneur à masquer sa déficience physique sous un regain d'activité.

— Nous allons même pousser jusqu'au village, décida-t-il avec autorité en se levant. J'ai besoin de cigarettes. Nous trouverons certainement un magasin encore ouvert.

Mais cette fois, Marie-Hélène s'y opposa avec une fermeté égale à la sienne.

— Rentrons immédiatement. Tes cigarettes, j'irai te les chercher après m'être habillée plus chaudement. Les piqûres d'araignées, ça ne se traite pas à la légère. Dès notre arrivée à Alpensee, je téléphone à un docteur et...

Il l'interrompit par un grognement, puis, après avoir, comme un poulain rétif, rejeté la tête en arrière dans un geste d'indépendance, il décréta :

— Les médecins, je les ai assez vus...

Il ajouta à leur égard une épithète si peu flatteuse, que Marie-Hélène le considéra d'un air réprobateur.

La lutte menaçait d'être chaude.

Ils revinrent lentement à Alpensee. Laurent avait passé un bras autour des épaules de sa femme. Marie-Hélène s'abstenait de le questionner, mais devinait la fatigue qui l'épuisait, à la pression du bras sur sa nuque.

Les paroles de Lucile restaient fichées en elle comme des banderilles.

« ... Les temps sont changés. Laurent n'est plus qu'un condamné qui a besoin de recevoir au lieu d'offrir... »

C'était vrai. Il s'appuyait sur elle, maintenant. Pourtant, elle continuait d'avoir besoin de lui, de sa grande force rassurante, de sa solide sagesse, de la chaleur de son étreinte. Un lourd chagrin d'enfant lui gonfla le cœur. Était-ce possible que ces dons si précieux lui fussent ôtés ? L'amour qu'elle avait si follement attendu, celui-là même, un peu protecteur, que Laurent lui avait apporté, allait-elle devoir déjà y renoncer ? Elle se sentait désemparée, aussi vulnérable qu'un jeune plant privé de tuteur, emportée par le sentiment de son impuissance comme un fétu par une bourrasque.

Elle fit un faux pas. De sa main libre, Laurent la retint. En même temps, son bras s'appuya un peu moins fort sur les épaules de la jeune femme.

Marie-Hélène se redressa, honteuse de s'être si complaisamment apitoyée sur elle-même. Qu'importait que les rôles fussent intervertis ? Leur amour était intact, et ce qui comptait, c'était d'avoir Laurent à son côté, de sentir encore ce bras d'homme sur sa nuque. La boucle du bracelet-montre de Laurent s'incrustait dans son

épaule. Mais Marie-Hélène accueillait avec joie,
presque avec gratitude, cette douleur qui, la liant
au présent, l'obligeait à prendre conscience du
fugitif instant de bonheur qui lui était encore
accordé.

Lorsqu'ils atteignirent l'entrée de la propriété,
Marie-Hélène aperçut une voiture claire qui sta-
tionnait un peu plus loin sur la route, à la limite
du parc d'Alpensee. La distance, ainsi que la
lumière déjà violette du crépuscule, ne permettait
pas d'en distinguer les détails ni les occupants.

« Des imprudents, se dit-elle, distraitement.
En plein virage et tous feux éteints. »

L'instant d'après, elle n'y pensait plus.

Alors qu'ils suivaient l'allée menant à la villa, la
même voiture passa lentement sur la route, derrière eux. Mais ni l'un ni l'autre ne tournèrent la
tête.

Frau Müller leur ouvrit la porte. Dès qu'ils
entrèrent dans le vestibule, son œil fureteur
accrocha l'insolite éclat des prunelles de Laurent,
mais se méprit sur la fatigue qui tirait le visage de
Marie-Hélène.

— *Ach !* Je l'avais prévu, triompha-t-elle.
Après toutes vos imprudences, vous êtes en train
de couver un rhume. Installez-vous au salon,
devant le feu, et, dans cinq minutes, je vous sers
un bon grog qui vous remettra d'aplomb.

— Mes cigarettes, gémit Laurent.

— Je cours te les chercher, promit Marie-Hélène.

— A cette heure, vous n'en trouverez qu'à la station-service, déclara frau Müller, ou peut-être à la réception des hôtels. Demandez donc au « Vitznauerhof », l'hôtel entouré d'un parc, à deux cents mètres d'ici. C'est le plus près d'Alpensee.

— Je me couche, dit Laurent. C'est vrai que j'ai un fameux coup de pompe. Frau Müller, votre grog sera le bienvenu si vous ne lésinez pas sur le rhum.

Marie-Hélène enfilait son imperméable. Avant de sortir, elle jeta en direction de la chambre, où son mari s'était engouffré, un regard lourd d'inquiétude, que la propriétaire intercepta.

Celle-ci adressa un bon sourire.

— Rassurez-vous, dit-elle. Dès qu'ils ont le moindre bobo, les hommes les plus courageux deviennent aussi plaintifs que des chatons.

Dans un évident souci de solidarité féminine, elle ajouta d'un ton de confidence :

— … Et les meilleurs sont alors plus exigeants que des tyrans. Pauvre de vous ! Avec une si petite mine, vous imposer la corvée de courir jusqu'au bourg chercher des cigarettes ! Moi, à votre place, je l'aurais laissé sans tabac jusqu'à demain. Il n'en serait point mort.

Le mot fit frémir Marie-Hélène. Sans répondre, elle s'élança au-dehors, en détestant frau Müller de toutes ses forces.

Au moment où elle atteignait la route, la pluie
se remit à tomber, une pluie fine qui laissait
présager le même temps pour le lendemain.

Le découragement s'empara d'elle. Toutes les
pensées qui la cernaient depuis que Laurent avait
décidé de quitter Vitznau pour Tréguier la harce-
lèrent de nouveau.

Ainsi, même Dieu lui était hostile ! Mais quelle
faute avait-elle donc commise pour être aussi
cruellement punie ? Il eût suffi d'un ciel clair pour
écarter d'elle la menace d'un séjour en Bretagne.
Elle connaissait suffisamment Laurent pour deviner que, dès le lendemain, si le mauvais temps
persistait, il la contraindrait à fuir Alpensee.

Plus elle y songeait, plus elle acquérait la
certitude que Lucile et lui s'étaient mis d'accord,
derrière son dos, pour se retrouver pendant les
vacances. Une colère froide balaya son angoisse.
Avec une inconséquence qu'elle se reprocha amè-
rement plus tard, elle se surprit à souhaiter
qu'une nouvelle agression de « l'autre » lui permît
de ne rien changer à ses projets. L'accident qui
s'était produit en fin de journée n'était pas
tellement inquiétant en lui-même ; il ne le devien-
drait que si le saignement se généralisait.

« Eh bien ! qu'il se généralise ! Au moins,
Laurent sera contraint de voir un médecin, et
j'appellerai le docteur Kaufmann. Une fois entre
les mains de celui-ci, il ne pourra pas rejoindre
Lucile... »

Elle s'arrêta, saisie d'horreur. Sa jalousie ne la conduisait-elle pas au bord de la folie ? Et si c'était en punition de ces pensées vengeresses que le Ciel multipliait contre elle ses châtiments ? Peut-être qu'en ce moment une hémorragie foudroyante terrassait Laurent ?... La vision de son mari exsangue la fit gémir de souffrance.

Perdue dans ses pensées, elle avait dépassé l'hôtel Vitznauerhof. Elle se mit alors à courir le plus vite qu'elle put vers la station-service, dont elle apercevait le halo lumineux, sur la droite, à l'entrée du bourg.

L'obscurité s'épaississait. La calotte de nuages s'était refermée au-dessus du lac qui luisait maintenant d'un éclat métallique. Vers l'ouest, l'eau reflétait encore un peu de la lueur rose du couchant. Des lumières vertes et blanches scintillaient comme des gemmes le long de la rive opposée et au flanc des montagnes.

Chaque fois qu'une voiture la croisait, Marie-Hélène, éblouie par les phares, butait dans les saignées qui coupaient le trottoir. La circulation dans l'autre sens étant pratiquement nulle, elle préféra emprunter la chaussée en tenant bien sa droite.

A cent mètres du but, elle aperçut une voiture qui, venant de Vitznau, coupait la route en direction de la station-service. Elle la vit ralentir et se ranger près d'une pompe puis, soudain, démarrer en flèche, foncer sur elle et déraper sur l'asphalte mouillée.

Les dernières sensations qu'elle éprouva furent

celles d'une lumière aveuglante sur sa rétine et,
presque simultanément, d'un choc à la tête. Elle
s'entendit hurler, puis ce fut le néant.

Quand elle releva les paupières, son regard se
fixa avec étonnement sur une pyramide de bidons
d'huile dont le sommet se perdait dans la nuit.

Elle réalisa qu'elle était assise dans un des
fauteuils du bureau de la station-service. Malgré
la porte ouverte, une odeur d'éther saturait l'air.
Une demi-douzaine de visages angoissés se pen-
chaient au-dessus d'elle. Marie-Hélène reconnut
ceux du pompiste, de sa femme et de son fils. Les
autres, elle les avait déjà vus, mais ne pouvait les
identifier.

Un silence ému accompagna sa reprise de
conscience. Puis les langues se délièrent et ce fut
un concert d'exclamations, où dominaient les
« Mein Gott ! » et les « Lieber Gott ».

Le patron, grand et lourd, teint fleuri et
cheveux blonds en broussaille, parlait plus haut
que les autres.

— Vous l'avez échappé belle, ça on peut le
dire ! Quand mon gars qui s'occupe des pompes
est venu me raconter l'accident et demander mon
aide, j'ai bien cru qu'on ne relèverait qu'un
cadavre.

— C'est heureux que, dans un ultime réflexe
de défense, vous ayez bondi sur le trottoir, dit une
vieille demoiselle, accourir là en voisine. Grâce à

cet écart, la voiture vous a simplement déséquili-
brée. Autrement, elle vous passait sur le corps.
Aucun détail ne m'a échappé et je suis prête à en
témoigner officiellement. J'étais à dix mètres de
là, en train de promener Zouki, ma petite
chienne. La voiture roulait en plein à gauche et ne
s'est pas arrêtée après l'accident. Le conducteur,
autant que j'ai pu en juger à travers les vitres
brouillées de pluie, était un homme assez âgé...

— Il m'a paru jeune, au contraire, protesta le
marchand de journaux — un voisin, lui aussi. Je
fermais mon magasin et je l'ai vu comme je vous
vois. Il a obliqué vers les pompes, puis il a repris
de la vitesse et s'est mis à louvoyer, comme s'il
visait un lapin dans ses phares. Il n'avait sûrement
pas plus de vingt ans.

— Vous vous trompez, dit la femme du garagiste. C'était un homme à moustaches grises,
coiffé d'une casquette à carreaux.

Son mari protesta.

— La casquette à carreaux, tu l'as vue dans la
Mercedes qui s'est arrêtée cinq minutes avant,
pour faire le plein. En tout cas, qu'il soit jeune ou
vieux, celui qui a provoqué l'accident et poursuivi
aussitôt sa route est un chauffard qui mérite la
prison.

Ils parlaient dans leur dialecte allemand que
Marie-Hélène ne comprenait qu'imparfaitement.
Elle soupira et passa la main sur son visage avec la
nette impression d'avoir une joue en bois.

La femme du garagiste arrêta son geste et lui dit
en français :

— Votre pommette est contusionnée et vous avez une bosse sur le côté de la tête. Ce n'est pas grave, mais il vaut mieux vous abstenir d'y toucher. Vos mains sont toutes boueuses.

Les autres continuaient leur discussion. Si personne n'était d'accord sur l'âge et le costume du conducteur, en revanche, tous avaient identifié la voiture. C'était une Opel blanche.

— Et moi, je peux dire d'où elle vient, annonça fièrement le fils du garagiste, un garçon roux qui, jusque-là, avait écouté ses aînés en silence. Elle porte la marque du garage Rottal, de Zurich : un établissement spécialisé dans les locations de voitures.

— Comment le sais-tu ?

— L'adresse était à l'arrière, à côté du numéro minéralogique. Je n'ai pas retenu celui-ci, mais je me souviens qu'il se terminait par un zéro.

Très fier des renseignements qu'il fournissait, il parlait lentement, dans un français appliqué, en regardant Marie-Hélène qu'il connaissait pour lui avoir vendu de l'essence, le jour même.

— C'est impossible, protesta son père. La voiture n'a fait que ralentir devant toi et a repris aussitôt de la vitesse. Tu n'as pas pu enregistrer tous ces détails.

— *Nein,* dit le garçon d'un air malin, ce n'est pas à ce moment-là que je les ai enregistrés, mais avant que le jour soit complètement tombé. L'Opel est passée lentement trois ou quatre fois devant la station, puis s'est arrêtée ensuite, un bon moment, dans le virage après Alpensee. Ça m'a semblé bizarre, alors, mine de rien, je l'ai observée attentivement.

— Comment peux-tu être sûr que c'était bien la même voiture qui a provoqué l'accident ? demanda sa mère. Des Opel blanches, il en passe ici toute la journée.

— Je ne me trompe pas, affirma énergiquement le garçon.

Puis il les regarda avec une expression railleuse.

— *Ach !* Vous faites de fameux témoins, et si elle se fiait à vos descriptions, la police pourrait courir longtemps après ses coupables ! Votre chauffard, eh bien… c'était une conductrice, une femme très belle, trente à trente-cinq ans environ, aussi brune qu'une Italienne, avec…

— Je crois, interrompit la vieille demoiselle, qu'il faudrait donner un cordial à notre petite rescapée. La voilà tout à coup blanche comme un fantôme.

La femme du garagiste disparut puis revint presque aussitôt, un verre d'eau-de-vie à la main. Marie-Hélène avala l'alcool d'un trait. Une coulée de feu lui incendia la gorge et l'estomac. Elle toussa, suffoqua, puis son visage reprit des couleurs et ses oreilles s'empourprèrent. Une énergie combative, jaillissant soudain des profondeurs de son cerveau, la mit debout, impatiente de s'échapper.

La vision d'une Lucile ne reculant devant aucun forfait pour conquérir Laurent l'obsédait au point d'effacer en elle toute autre image. Qui sait même si, en ce moment, la criminelle, sûre de

son impunité, n'était pas auprès de Laurent, toute
roucoulante de tendresse ?

— Je vous reconduis à Alpensee avec ma
voiture, proposa aimablement le garagiste. Et si
vous voulez mon avis, moi, à votre place, je
déposerais une plainte. Des conductrices comme
celle qui vous a renversée, je vous le redis, ça ne
mérite ni plus ni moins que la prison...

CHAPITRE IV

Lorsque Marie-Hélène poussa la porte de la villa, Laurent l'accueillit du fond de sa chambre par un rugissement.

— Enfin, te voilà ! Ce n'est pas trop tôt. J'ai cru que tu les fabriquais.

— Quoi donc ? demanda-t-elle distraitement.

— Mes cigarettes.

Elle redescendit sur terre et réalisa son oubli.

— Seigneur ! soupira-t-elle. J'ai l'impression d'avoir quitté Alpensee depuis un siècle.

Une joie triomphante montait en elle. Lucile n'était pas là. Tout ce que son imagination enfiévrée lui avait suggéré était faux. Elle avait été la victime d'une conductrice imprudente et sans scrupules, mais dont la ressemblance avec Lucile n'était que l'effet du hasard. Et cet accident, elle allait maintenant l'exploiter. Une idée lui était venue, qu'il lui fallait réaliser sans tarder.

Dans le vestibule, en plus de la salle de séjour — une vaste pièce qui occupait toute la partie sud du rez-de-chaussée — s'ouvraient la cuisine, une chambre et la salle de bains, dans laquelle Marie-Hélène pénétra en trombe. Elle quitta vivement son imperméable déchiré et souillé, se lava les mains et examina son visage dans la glace. Sa pommette gauche était gonflée comme une quetsche et un peu de sang poissait ses cheveux blonds. Elle avait l'impression qu'on battait le fer sur une enclume logée quelque part dans son crâne mais, somme toute, la douleur était supportable et, Dieu merci ! ne l'empêchait pas de réfléchir.

Elle ôta ses vêtements, enfila sa chemise de nuit, puis un déshabillé de velours bleu qui, en flottant autour de son corps mince, accentuait encore son air de fragilité. Au lieu d'essayer d'atténuer les traces de sa chute, elle repoussa ses cheveux, dégageant ainsi sa joue tuméfiée. Un soupçon de talc sur le nez, le front et l'autre joue, lui composa un visage de tragédie. Elle eut envie de cerner ses yeux d'une trace de bistre, mais y renonça.

« Le mieux est l'ennemi du bien », se dit-elle.

Elle ressortit dans le vestibule en adoptant une démarche vacillante.

Laurent l'appela d'un ton vibrant d'impatience.

— Que fais-tu donc, chérie ? Avant de partir, frau Müller t'a préparé dans la cuisine tout ce qu'il faut pour un grog. Mais je t'en prie, apporte-moi d'abord mes cigarettes.

Elle s'avança jusqu'au seuil de la chambre et s'appuya contre le chambranle.

Le mobilier était du plus pur 1900 ; ses mou-

lures, torsades et arabesques luisaient d'encaustique. La pièce entière resplendissait de propreté.

Allongé sur le lit, bien calé par deux oreillers,
Laurent, vêtu d'une robe de chambre en soie
japonaise, lisait à la lumière rose d'une lampe de
chevet. Il paraissait nettement mieux que lorsqu'elle l'avait quitté. Une fois de plus, son amour
pour lui la submergea. Depuis qu'elle le connaissait, elle ressentait toujours le même émoi à
contempler ce visage bien architecturé, ce nez
droit, un peu fort : Grannie avait le même et était
fière de l'avoir transmis, à travers sa fille, à son
petit-fils préféré. Laurent tenait aussi, de la
branche maternelle, ses sourcils inégaux, une
grande bouche prompte à sourire et le trait
vertical qui coupait son menton.

Marie-Hélène se sentait liée si étroitement à cet
homme, qu'il lui semblait qu'aucune force au
monde ne pourrait jamais l'en séparer.

« Mon amour le sauvera, se dit-elle. Il est assez
puissant pour accomplir des miracles. »

Cette pensée lui donna le courage de poursuivre
sa comédie.

— Tes cigarettes, dit-elle d'une voix mourante,
je... je les ai oubliées.

Il posa son livre près de lui.

— Ça, c'est la meilleure, dit-il sans la regarder
et avec une ironie qui masquait mal son mécon-
tentement. Alors je me demande ce que tu as pu...

— J'ai eu un accident.

La demi-pénombre qui régnait dans la pièce
contrariant ses plans, elle fit jouer l'interrupteur.

La lumière crue d'un lustre en fer forgé tomba sur son visage et en exagéra la pâleur.

— Sacrédié !

D'un bond, il avait sauté du lit. Dominant la douleur qui irradiait de ses chevilles enflées, en deux enjambées, il fut près d'elle.

— Un accident, où ? Comment ? Tu avais pris la voiture ? demanda-t-il d'un ton soupçonneux.

— Non. J'étais à pied. Une automobile m'a renversée.

Il explosa.

— Je l'ai toujours prévu. Avec ta manie de dédaigner les trottoirs, un jour ou l'autre, ça devait arriver. Où as-tu mal ? A la joue ? Dieu soit loué ! Ce n'est pas grave. Et si seulement ça pouvait te servir de leçon !

Il la regardait sans aménité, délivré, par son accès de mauvaise humeur, de l'effroi que le mot d'accident avait fait lever en lui.

Furieuse à son tour de le voir faire si peu de cas d'un drame où elle aurait pu perdre la vie, Marie-Hélène se retenait à grand-peine de lui signifier ce qu'elle pensait de l'égoïsme masculin.

Elle le vit brusquement las, blêmi jusqu'aux lèvres, qui reculait, cherchant un appui contre la commode. Son cœur s'élança aussitôt vers lui. Non, si près du but, elle ne flancherait pas. Il aurait beau ne pas désarmer, elle lui opposerait une patience angélique.

Elle porta la main à sa tête d'un air dolent.

— J'ai si mal... Il vaudrait mieux appeler un

médecin. Tout à l'heure, le garagiste qui m'a relevée et réconfortée...

Il eut un rire sardonique.

— Réconfortée ! Je m'explique à présent cette odeur d'alcool que tu traînes avec toi. Tu es sûre, vraiment, qu'une voiture t'a renversée ? Tu n'aurais pas plutôt embrassé un arbre ? Parce que ça aussi, c'est une de tes spécialités.

Il ne la croyait pas. C'était évident. Elle retint à grand-peine un soupir et, les yeux au ciel, continua avec l'expression d'une sainte livrée aux bêtes.

— ... Le garagiste a parlé d'un certain docteur Kaufmann. Il m'a même donné son numéro de téléphone. Le 2-58-25.

Laurent s'était figé, sur la défensive.

— Je vais te badigeonner la joue au mercurochrome, oui...

Le retour inopiné de frau Müller l'interrompit. La propriétaire paraissait affolée. Sa bonne figure ronde ruisselait de larmes. Elle avait appris l'accident en remontant chez elle. La pauvre Madame avait été renversée par une voiture et traînée sur plusieurs mètres...

Marie-Hélène approuva dans un gémissement. Elle aurait embrassé frau Müller.

— Sacrédié ! redit Laurent.

Il recouvra assez d'énergie pour se précipiter vers sa femme.

— Mais c'est vrai qu'elle est toute pâle. Et moi, bougre d'idiot...

Il la souleva comme si elle ne pesait rien et la

porta sur le lit. A frau Müller qui sanglotait derrière lui, il ordonna :

— Appelez immédiatement un médecin. Le docteur Kaufmann, tenez... Chérie, ma douce, ma petite fille, ajouta-t-il en se penchant au-dessus de Marie-Hélène, peux-tu te souvenir du numéro de téléphone de ce médecin ?

— Le 2-58-25, énonça-t-elle avec une vivacité qui eût dû faire lever une tempête de soupçons dans l'esprit de son mari.

Mais Laurent n'était plus qu'un amoureux que l'angoisse et le remords dévoraient. Jamais il ne se pardonnerait de n'avoir pas pris au sérieux les déclarations de sa femme.

Les yeux clos, Marie-Hélène savourait sa réus-site et se félicitait de son astuce. Grannie, Lucile, Laurent même, la considéraient toujours comme une enfant et, à l'occasion, ne se privaient pas de le lui dire. Eh bien ! elle avait grandi et, en ce qui concernait la subtilité d'esprit, elle se sentait capable de leur en remontrer à tous.

Frau Müller s'était dirigée vers l'appareil. Mais prise de scrupules, elle revint sur ses pas.

— Le 2-58-25, ce n'est pas un abonné de Vitznau, Madame se trompe. Ici, les numéros de téléphone commencent tous par 83. Du reste, je ne connais pas au bourg de docteur Kaufmann.

Marie-Hélène l'aurait maintenant battue avec plaisir.

— Je ne me trompe pas, dit-elle d'une voix sans timbre. Il paraît que c'est le meilleur mede-cin de la région.

Laurent se redressa.

— Alors, appelez-le, frau Müller, ordonna-t-il. Je veux ce docteur, même s'il doit parcourir vingt kilomètres pour venir examiner ma femme.

— Comme Monsieur voudra, dit frau Müller en trottinant vers l'appareil.

Elle revint quelques minutes plus tard.

— Le docteur Kaufmann est absent, Monsieur.

— Alors demandez qu'il accoure, ici, dès son retour.

— C'est impossible. Le docteur assiste à un congrès médical à Tokyo et ne rentrera pas avant quinze jours. Mais si Monsieur veut me permettre un conseil, Madame devrait consulter le docteur Fröhlich, de Vitznau. Il habite à deux pas de chez moi, et, ici, tout le monde a une très grande confiance en lui. En repartant, je peux passer à son domicile et lui expliquer ce qui est arrivé. S'il est là, il viendra aussitôt.

La détresse fondit sur Marie-Hélène avec la même soudaineté que l'optimisme l'avait grisée un instant auparavant. Au bord des larmes, persuadée que la Providence l'abandonnait, elle repoussa la suggestion de frau Müller. Puisque le docteur Kaufmann était absent, à quoi bon déranger quelqu'un d'autre ?

— Pas de caprice, petite fille, dit sévèrement Laurent. L'opinion de frau Müller vaut bien celle du pompiste, non ? Vite, frau Müller, courez chercher ce médecin, voulez-vous ?

Il avait parlé d'un ton saccadé, un peu trop vif.

Mettant cette impatience sur le compte de l'émotion, la paysanne obtempéra aussitôt.

Alarmée par une fêlure dans la voix aimée, Marie-Hélène, les yeux mi-clos sous la frange dorée de ses longs cils, observa attentivement son mari.

Laurent, très pâle, lui donna l'impression de lutter contre une intense fatigue. La lumière semblait se concentrer sur son front luisant de sueur, et son regard élargi fixait la jeune femme avec une tristesse qu'elle ne lui avait jamais vue.

Marie-Hélène en fut déchirée. Ainsi, au lieu de lui venir en aide, elle n'avait réussi qu'à l'épuiser moralement et physiquement. Quoi qu'elle fît, tout se retournait contre elle. Un immense découragement la submergea.

« L'autre est la plus forte, se dit-elle avec désespoir, et le combat est perdu d'avance. »

Vingt minutes plus tard, le docteur Fröhlich arrivait, une trousse noire à la main. C'était un homme petit et sec, d'une soixantaine d'années, au regard très bleu derrière des lunettes cerclées d'or. Une barbiche et des favoris poivre et sel en faisaient un personnage du siècle précédent.

Ce fut Marie-Hélène, elle-même, qui lui ouvrit la porte. Dans son déshabillé, avec son visage lisse, mouillé de larmes, et ses longues mèches d'or fauve qui lui mangeaient la moitié des joues, elle apparut au médecin comme une frêle enfant désemparée.

Il la prit paternellement par le bras et lui sourit.

— Ce ne sera pas grave, dit-il très vite et dans un français sans accent. Où est-elle ?

— Qui ?

— Votre maman. Mme Brémont.

Elle leva vers lui ses grands yeux noyés de détresse.

— Je suis Mme Brémont, dit-elle.

Le sourire du médecin s'effaça. Il la regarda attentivement, découvrit la pommette tuméfiée et demanda d'un ton de reproche :

— Et c'est pour une petite ecchymose sans gravité que vous m'avez fait appeler, à dix heures du soir et toute affaire cessante ?

— Je vous expliquerai plus tard, dit-elle en réprimant un sanglot. Venez vite près de mon mari, docteur. Il a été terrassé par une syncope et j'ai cru... Oh ! j'ai cru qu'il allait mourir.

Elle le précéda dans la chambre où Laurent, sur le lit, semblait dormir. Par la baie grande ouverte sur le jardin, le vent entrait, apportant avec lui la fraîcheur du soir et une odeur de terre mouillée.

— Fermez cette fenêtre, ordonna le médecin à Marie-Hélène, en s'approchant vivement du malade.

Il regarda avec attention les chevilles de Laurent, appuya le pouce sur sa jambe, puis palpa et ausculta son grand corps vigoureux.

Laurent avait relevé les paupières.

— Ce n'est rien, murmura-t-il. Un simple

vertige... La fatigue... L'émotion. Examinez plutôt ma femme, docteur, c'est elle qui a besoin de vos soins.

— A première vue, vous n'en avez besoin ni l'un ni l'autre, riposta le médecin avec une bonhomie forcée. L'accident dont Mme Brémont a été la victime ne lui a laissé heureusement que des traces bénignes. Dans deux jours, elle ne s'en souviendra plus. Quant à vous, cher monsieur, de toute évidence, c'est le surmenage qui est à l'origine de votre défaillance. Si vous saviez ce que la fatigue peut causer comme ravages dans un organisme ! Vous êtes dans les affaires, probablement.

Laurent l'avait écouté, une expression moqueuse au coin des yeux. C'était clair que ce verbiage l'agaçait.

— Je suis en vacances et me repose depuis près de trois mois, déclara-t-il d'un air délibérément hostile.

Marie-Hélène crut bon d'intervenir.

— Mon mari est journaliste, expliqua-t-elle dans un souci de conciliation.

Le docteur laissa passer un silence. A l'écoute de son stéthoscope, il suivait avec attention les contractions rythmées du cœur de son malade. Quand il eut terminé l'examen, il plongea son regard pénétrant dans les yeux sombres qui suivaient chacun de ses mouvements.

— Journaliste ? répéta-t-il. Pardonnez-moi mon indiscrétion, monsieur, mais ne seriez-vous pas le reporter Laurent Brémont ?

Une lueur d'intérêt anima les traits de Laurent.

— Si, dit-il. Vous me connaissez ?

— J'ai lu quelques-uns de vos articles. Les journaux suisses les reproduisent fréquemment. Votre reportage sur les essais nucléaires m'a passionné. Vous avez abordé là un thème quelque peu différent de vos sujets habituels, et je vous félicite, car vous l'avez traité de main de maître.

— Il ne différait pas tellement des autres, dit Laurent en se redressant sur un coude. Je suis un spécialiste des catastrophes. Pour moi, une explosion atomique en est une au même titre qu'un raz de marée, même si, provisoirement, elle ne fait pas de victimes. Si j'ai pu persuader de cette vérité quelques-uns de mes lecteurs, eh bien ! je n'aurai pas perdu mon temps.

Il retomba, épuisé, sur son oreiller.

— Je vais vous faire une piqûre, annonça le médecin en sortant de sa trousse des ampoules et une boîte métallique.

— J'aime autant vous prévenir que je n'ai confiance dans aucune drogue, dit Laurent, qui atténua la rudesse de son jugement par un bon sourire.

— Rassurez-vous, moi non plus, rétorqua le docteur Fröhlich, en lui offrant l'amitié de son regard bleu. Je les considère comme des auxiliaires, dont il faut toujours surveiller les réactions. Mais celle que je vais vous injecter a fait ses preuves et vous aidera à surmonter votre fatigue. Demain, vous vous sentirez prêt à vous envoler de nouveau pour le Pacifique... Et d'où vous vient,

cher monsieur, cette méfiance à l'égard des médicaments ? Réaction normale d'homme bien portant, ou rancune contre une panacée qui aurait
mal rempli son rôle ?

— Cette méfiance vient du temps où j'étais
enfant, et je ne peux rien contre elle. Ma jeunesse
s'est écoulée au milieu de tant de potions et de
pilules, que j'en ai contracté une indigestion
chronique.

— Vos parents étaient pharmaciens ?

— Non. Dans ma famille, de père en fils, on
était magistrat... et dyspepsique. Grâce au Ciel,
j'ai fait exception à ces deux règles. Mais du plus
loin que je me souvienne, j'ai toujours vu mon
grand-père, mon père et mon frère se gorger de
médicaments, sans que leur foie ou leur estomac
s'en portent mieux pour cela. Mon grand-père est
mort à soixante ans d'une jaunisse, mon père, à
trente-neuf ans de cachexie.

— Et votre frère ?

— Dans un accident d'avion. Mais comme il
avait contracté la déplorable habitude paternelle
de s'entourer de petits flacons, s'il n'était pas mort
prématurément, il aurait fini vingt ans plus tard,
empoisonné par toutes ses drogues. A Dieu ne
plaise que je suive de si fâcheux exemples !

— Une fois n'est pas coutume, dit le docteur
en enfonçant son aiguille dans le bras de Laurent.
Remerciez tout de même le Ciel de vous avoir doté
d'un bon estomac, car vous avez dû goûter à
d'étranges cuisines au cours de vos reportages.

— Les étapes gastronomiques, vous savez, je

laisse ça aux touristes, dit Laurent. Les conditions dans lesquelles je travaille m'obligent le plus souvent à me passer de déjeuner. Tenez, quand j'ai suivi le nuage atomique, je suis resté vingt-quatre heures sans rien avaler.

— Pour avoir décrit cette expérience avec tant de précision, vous avez dû prendre de dangereux risques, non ? demanda le médecin avec intérêt.

Laurent coula un regard inquiet vers Marie-Hélène. Elle rangeait avec application les vêtements qu'il avait semés un peu partout dans la pièce en se déshabillant. Il respira mieux. Heureusement que son adorable femme-enfant ne s'intéressait pas plus aux questions atomiques qu'à la vie des Papous.

— Des risques, dit Laurent, j'en prends à chaque reportage. C'est le côté sportif du métier. En ce qui concerne l'explosion nucléaire, j'ai suivi le nuage champignon à bord d'un avion-laboratoire, spécialement équipé pour effectuer des prélèvements. Un compteur de Geiger mesurait la radioactivité des gaz. Comme vous le voyez, les risques étaient plutôt limités.

Ce qu'il se garda de préciser, c'était que, par souci professionnel, son équipe avait dépassé la zone limite de sécurité. Personne à bord n'en avait souffert et il restait persuadé que le cadran lumineux d'une montre-bracelet dégage plus de radiations qu'il n'en avait subies au cours de son vol. Malgré sa fatigue, il eût aimé exposer cette théorie au docteur Fröhlich et connaître son opinion. Mais, pour une discussion de ce genre, il était préférable que Marie-Hélène s'éloignât. Or, elle ne paraissait pas disposée à quitter la pièce.

« Dommage, songeait Laurent, pour une fois que j'ai un interlocuteur de choix !... Ce brave vieux toubib est d'un modèle moins périmé que je ne l'avais jugé au premier abord. J'ai rarement vu un regard aussi limpide. Celui qui place sa confiance dans ce type ne doit pas être déçu. J'aimerais lui poser des tas de questions... Mais comment écarter Marie-Hélène ? »

Il suivait les gestes du médecin rangeant seringue et aiguille et, en même temps, ne perdait pas sa femme de vue. C'était curieux. Il les distinguait tous les deux, mais avec une certaine déformation, comme s'ils étaient sous l'eau.

« C'est sa saleté de piqûre, se dit-il. J'aurais mieux fait de tenir bon et de la refuser. »

Il luttait pour garder les yeux ouverts. Il vit Marie-Hélène ramasser le livre qui avait glissé sur le tapis, puis le feuilleter distraitement en se rongeant le pouce. Ses pensées s'effilochaient.

« Elle en tourne les pages trop vite pour comprendre quelque chose à l'histoire... Mais, au fait, de quelle histoire s'agit-il ?... »

Une grande vague de sommeil l'engloutit avant qu'il eût trouvé la réponse.

— Madame Brémont, tout à l'heure, vous avez commencé par demander le docteur Kaufmann... Non, ne vous étonnez pas. J'ai appris ce détail par frau Müller. Votre propriétaire est une excellente personne, mais sa loquacité l'empêche de rien garder pour elle... Dites-moi, est-ce par hasard que le nom de ce médecin vous était venu à l'esprit ?

Après avoir éteint la lumière de la chambre où Laurent reposait, le docteur Fröhlich avait entraîné Marie-Hélène dans la salle de séjour.

— Est-ce grave, docteur ? avait-elle demandé, tout en réalisant la stupidité de sa question.

Elle le savait que c'était grave. On le lui avait assez répété à la clinique.

Le médecin n'avait pas répondu. Il avait désinfecté sa joue tuméfiée, badigeonné son cuir chevelu avec de la teinture d'arnica, tout cela dans un silence que Marie-Hélène n'avait plus osé rompre. Puis il l'avait obligée à s'asseoir dans un des lourds fauteuils placés sous le lampadaire. Lui-même avait choisi une bergère, en face d'elle, mais en dehors du cercle de clarté.

— Répondez-moi, insista-t-il. Vous connaissez le docteur Kaufmann ?

Elle ne voyait pas ses yeux, masqués par le reflet des lunettes. Mais la voix exprimait une chaleureuse sympathie qui suscitait les confidences.

Marie-Hélène n'avait pas de famille, pas d'amies avec qui partager son trop lourd secret. Son père et sa mère étaient morts lorsqu'elle avait dix ans et la seule parente qui lui restât alors, sa grand-tante Maria, occupait les fonctions d'intendante à Tréguier, au manoir de Kervrahen. Depuis, Maria était morte.

Du côté de son mari, après des deuils successifs, la famille se réduisait à la grand-mère maternelle et à la belle-sœur de Laurent. Il n'était pas question de mettre Grannie au courant. Elle était très âgée et son vieux cœur ne résisterait pas au chagrin de savoir condamné son petit-fils qu'elle adorait. Restait Lucile. Celle-ci en connaissait plus long que Marie-Hélène sur le terrible mal qui rongeait Laurent, et si les deux belles-sœurs avaient été très liées, les confidences eussent jailli spontanément. Mais la seule affinité qui existât entre elles, leur amour pour Laurent, au lieu de les rapprocher, les séparait irrémédiablement. Le seul point sur lequel Marie-Hélène était d'accord avec Lucile était la nécessité de dissimuler à Laurent l'identité de « l'autre ».

— Faites en sorte qu'il ignore le plus longtemps possible qu'il est atteint de leucémie, lui avait dit Lucile, avec le ton dédaigneux qu'elle employait toujours en s'adressant à sa belle-sœur. Je le connais mieux que vous. C'est un être débordant de vitalité, fier de sa force, qui ne peut accepter de se sentir diminué. Dès qu'il apprendra la vérité, il refusera la déchéance et décidera de « partir en beauté ». Vous comprenez ce que ça signifie ?

Marie-Hélène avait fait oui de la tête. La terreur l'empêchait de parler.

Elle n'avait pas d'amie véritable. Si elle fréquentait encore quelques-unes de ses camarades

de pension, une pudeur instinctive la retenait au
bord des confidences. Mais son chagrin l'étouf-
fait. Et ce soir, un besoin de s'en délivrer la
poignait. Après tout, si cet obscur médecin de
campagne ignorait le moyen de guérir Laurent,
du moins pouvait-il lui apporter, par ses conseils,
un peu de réconfort.

— Je ne connais pas le docteur Kaufmann,
avoua-t-elle. J'ai lu son nom dans une revue
médicale et je sais qu'il a guéri certains cancers du
sang...

Elle s'interrompit en regardant le vestibule
d'un air anxieux.

— Mon Dieu ! murmura-t-elle. Pourvu que
mon mari n'ait pas entendu. Il ne sait rien... Il ne
faut pas qu'il sache... Jamais.

Le docteur eut un geste apaisant.

— Rassurez-vous. Il est plongé dans un profond sommeil dont il ne s'éveillera qu'à l'aube.

Elle le fixa d'un air de reproche, sa méfiance en
alerte.

— Vous lui avez administré un somnifère ?
Mais c'est imprudent après la syncope qu'il a eue !

— Je possède une trop grande expérience de
mon métier pour me montrer imprudent, dit-il
d'un ton paisible. La syncope de votre mari lui a
peut-être sauvé la vie ? Très souvent, en cas
d'hémorragie interne, un évanouissement aide à la
formation du caillot. J'ai prolongé cette bienfai-
sante perte de conscience en lui injectant un
hypnotique léger, associé à un coagulant.

— Une hémorragie interne ? répéta Marie-

Hélène, saisie d'horreur. Mais comment pouvez-vous être sûr ?

— Je ne suis sûr de rien. Mais un purpura, c'est le nom de l'éruption qui colore ses chevilles, s'accompagne presque toujours d'un saignement interne. Dites-moi tout ce que vous savez. A-t-il déjà eu des accidents de ce genre ?

Les mains croisées sur ses genoux, attentive à maîtriser son tremblement, elle se recroquevilla au fond de son fauteuil et lui raconta tout : le drame qui avait éclaté dans son bonheur aussi brusquement qu'un orage dans le ciel bleu, le diagnostic du médecin de la clinique, la décision qu'elle avait prise de faire examiner Laurent, à son insu, par le spécialiste de Lucerne, et la déception qu'elle venait d'éprouver en apprenant que cette consultation ne pourrait avoir lieu.

Elle parlait lentement, s'appliquant à ne rien oublier et à choisir judicieusement ses termes. Cet effort intellectuel la délivrait temporairement de son angoisse. L'histoire qu'elle racontait perdait de sa cruelle réalité. C'était la narration orale d'une élève réfléchie. « Dites-moi tout ce que vous savez », avait demandé l'examinateur. Elle obéissait.

Pourtant, en dépit de sa volonté de rester calme, elle sentait, à certains mots, sa souffrance qui affleurait, comme une bulle crevant à la surface d'un étang. Alors une larme coulait, qu'elle essuyait d'un geste furtif.

Le docteur Fröhlich l'écoutait avec un intérêt bienveillant. Il lui arrivait de poser des questions auxquelles Marie-Hélène répondait avec autant de précision qu'elle le pouvait.

Quand elle eut terminé son récit, un long silence tomba entre eux, troublé seulement par le chuintement d'une souche se consumant dans l'âtre.

Le docteur se leva et jeta sur les braises deux bûches qu'il choisit dans un panier rempli par les soins de frau Müller. Une gerbe d'étincelles crépita, puis les flammes jaillirent, éclairant toute la pièce.

Il se releva et, le dos au feu, considéra longuement Marie-Hélène.

— La clinique vous a-t-elle remis le dossier médical de votre mari ? demanda-t-il.

— Oui.

— Puis-je le voir ?

Elle dut monter le chercher au premier étage, dans une chambre inoccupée où leurs valises étaient rangées. Afin que Laurent ne le trouvât point, elle l'avait dissimulé sous la doublure en cuir de sa mallette de voyage.

Le dossier comprenait le résultat d'analyses hématologiques et quelques radios. Le médecin les étudia avec attention. Il s'étonnait secrètement que des examens plus approfondis n'eussent pas été faits. C'était comme si, d'avance, pour une raison qui lui échappait, la nature de la maladie de Laurent n'avait posé aucun problème.

— Vous affirmez que le médecin-chef de la clinique a été formel ?

— Oui, hélas !

— Bizarre, dit-il. Certes, votre mari présente

les symptômes d'une leucémie myéloïde : syncopes, hémorragies, hypertrophie de la rate, augmentation massive de certains globules blancs... Mais ces troubles se retrouvent dans d'autres maladies, et le premier travail, c'est d'éliminer celles-ci, l'une après l'autre. Ce n'est pas devant un bilan aussi incomplet que j'aurais l'audace d'établir un diagnostic.

— Peut-être, suggéra Marie-Hélène en retrouvant son air d'élève réfléchie, ce médecin avait-il tout simplement découvert l'origine du mal qui ronge mon mari. Le puzzle étant reconstitué, à quoi bon rechercher d'autres pièces ?

— Que voulez-vous dire ?

— En septembre dernier, Laurent effectue un vol audacieux à travers un nuage atomique. Huit mois plus tard, il présente tous les signes d'une leucémie. Ne voyez-vous pas là une relation de cause à effet ?

Elle l'avait regardé bien en face, guettant le fugitif instant où, pris de court, il se trahirait. Mais il restait sur ses gardes, attentif à ne pas laisser deviner ses pensées. Il réussit même à dissimuler son étonnement en découvrant que cette jeune personne, qu'il avait d'abord sousestimée en la classant dans la catégorie des êtres superficiels, était en réalité une petite bonne femme intelligente et avisée.

Dans sa pension, qu'elle n'avait quittée que pour se marier, Marie-Hélène avait été élevée par des éducatrices d'un autre siècle.

« Une femme, disaient-elles, doit vivre dans

l'ombre de son mari et ne jamais donner à celui-ci l'impression d'être aussi intelligente que lui... »

Préceptes que Marie-Hélène avait mis sans effort en pratique. Laurent lui apportait une telle impression de plénitude qu'elle n'aspirait, en effet, qu'à vivre dans son ombre. En outre, intimidée par son intelligence et sa culture, elle n'osait pas discuter avec lui des grands sujets qui le passionnaient. Mais, lorsqu'il s'éloignait, elle comblait le vide de son absence en dévorant tous les articles qu'il avait écrits et les livres qu'il aimait.

— A priori, déclara le docteur Fröhlich après un instant de réflexion, il est difficile d'affirmer que les risques que votre mari a pu prendre, au cours de son reportage sur les essais nucléaires, sont à l'origine de sa maladie. Lors du dernier congrès mondial du cancer, il a été démontré qu'une irradiation unique n'est pas leucémigène, à moins, bien sûr, qu'elle n'atteigne en force celle d'Hiroshima, ce qui n'a tout de même pas été le cas pour votre mari... Non, voyez-vous, madame, plus je réfléchis, plus je m'étonne de l'assurance avec laquelle le diagnostic a été posé. Je ne mets pas celui-ci en doute, mais je me demande...

Il s'interrompit et feuilleta rapidement les pièces du dossier.

Marie-Hélène était suspendue à ses lèvres.

— Oui, continua-t-il après un silence, je me demande si quelqu'un, votre médecin habituel, par exemple, n'aurait pas conservé certains résultats d'analyses.

— Ni Laurent ni moi ne connaissons de médecin, dit-elle.

Puis, traversée d'une lueur subite, elle ajouta en hésitant :

— A moins que Lucile... C'est ma belle-sœur, expliqua-t-elle, une doctoresse qui se livre à la recherche scientifique.

— Le docteur Lucile Brémont ?

— Oui, acquiesça Marie-Hélène, surprise. Vous la connaissez ?

— Seulement par ses travaux remarquables et son livre sur la génétique, répondit brièvement le docteur.

Il avait baissé les yeux pour qu'elle ne pût rien deviner de la vérité qui venait de l'éblouir. Tout s'expliquait. Si le docteur Brémont était la belle-sœur du malade, elle avait pu conserver, pour appuyer ses propres théories, une partie des documents. Des extraits de ses communications à l'Académie de Médecine française avaient paru dans toutes les revues médicales.

Dès lors, pour le docteur Fröhlich, le diagnostic ne faisait plus aucun doute. Et, malgré les découvertes actuelles, ni lui ni personne ne pouvait redonner l'espoir à ce couple si sympathique. Il en éprouva une cuisante amertume, car trente années de contact permanent avec la souffrance et la mort n'avaient pu émousser sa sensibilité.

Presque malgré lui, il murmura :

— Ne regrettez pas l'absence du docteur Kaufmann. Il n'était pas compétent pour soigner votre mari.

— Pourquoi ? balbutia Marie-Hélène... Le...
le cas de Laurent est donc désespéré ?

Mais le docteur s'était repris. D'un ton persuasif, il riposta :

— Aucun cas n'est désespéré. Jamais. La
science progresse chaque jour et ce qui est incurable aujourd'hui peut être guéri demain. Si je vous
affirme que mon confrère de Lucerne n'aurait
rien pu pour votre mari, c'est tout simplement
parce que le traitement qu'il a mis au point ne
s'applique qu'à certaines anémies de l'enfance.
L'article que vous avez lu, erroné ou incomplet, a
créé une confusion dans votre esprit.

Marie-Hélène n'avait retenu qu'une phrase.
Elle la répéta d'une voix douloureuse :

— ... Ce qui est incurable aujourd'hui... Vous
reconnaissez donc que la maladie de mon mari...

Il l'interrompit, bourru.

— Je ne reconnais rien du tout. Et quand on a
la chance, comme c'est le cas pour votre mari,
d'être suivi par un spécialiste aussi compétent que
votre belle-sœur, tous les espoirs sont permis.

Marie-Hélène était abasourdie. Lucile un spécialiste ? Mais de quoi ? Du cancer ? Ni Laurent ni
Grannie ne semblaient au courant de la nature de
ses recherches. Si elle avait découvert quelque
chose concernant ce terrible fléau, ça se serait su,
non ? Lucile n'était pas femme à laisser ignorer au
monde qu'elle marchait vers la célébrité. Marie-
Hélène, incrédule, pensa qu'une confusion de
nom avait pu se produire dans l'esprit du médecin. Sa belle-sœur élevait des cobayes, des souris,

des lapins, se livrait sur eux à des expériences répugnantes, mais la lumière n'avait sûrement pas jailli de ses travaux.

Ce brave vieux docteur n'avait-il pas parlé d'un ouvrage qu'elle aurait écrit sur la génétique, donc sur l'hérédité ? Rien à voir avec la leucémie. Mais tout de même, par curiosité, Marie-Hélène se promit de l'acheter.

Elle accompagna le docteur Fröhlich jusqu'à la porte.

— Je reviendrai demain matin, annonça-t-il... Vous m'avez bien dit, tout à l'heure, que votre mari ne soupçonnait pas la nature de ses troubles ?

Marie-Hélène acquiesça d'un signe de tête.

Il prit la jeune femme par l'épaule et la dévisagea avec bonté.

— Pourquoi refusez-vous de l'éclairer ?

Elle le regarda avec une expression de reproche.

— Ce serait un crime.

— Je ne suis pas de cet avis. Dans certains cas, si le malade connaît la nature de son affection, il peut collaborer plus étroitement avec ceux qui s'efforcent de le guérir. Votre mari est intelligent et d'un courage moral...

— N'insistez pas, docteur, coupa Marie-Hélène en coulant un regard inquiet vers la chambre où reposait Laurent. Mon mari n'apprendra jamais...

Sa voix se brisa.

Le médecin eut un geste d'impuissance et partit d'un pas lourd, sans se retourner.

CHAPITRE V

Marie-Hélène revint lentement dans le salon avec au cœur une angoisse plus oppressante encore que celle qui l'avait assaillie dans ses pires moments de découragement.

Les yeux dans le vide, elle cherchait à se souvenir de l'instant où cette sensation s'était emparée d'elle pour ne plus la lâcher. Le docteur, pourtant, n'avait rien dit qu'elle ne sût déjà. Il ne s'était pas montré plus pessimiste que celui de la clinique. Alors, d'où lui venait ce malaise si poignant qu'elle en éprouvait comme une souffrance physique au creux de la poitrine ? Fatigue ? Séquelle du choc nerveux provoqué par l'accident ?

Prémonition ?

Elle étouffa un cri et, retournant précipitamment sur ses pas, elle ouvrit la porte de la chambre. La lanterne du vestibule éclairait suffisamment la pièce pour qu'elle distinguât les traits de Laurent endormi. Le visage était calme, la respiration régulière.

Marie-Hélène exhala un soupir de soulagement. Elle s'avança d'un pas léger puis, s'inclinant au-dessus du lit, elle effleura les lèvres de l'aimé d'un baiser léger comme un souffle. Son cœur retrouvait un rythme normal, mais l'angoisse n'en disparaissait pas pour autant.

Elle retourna au salon et considéra pensivement les pièces du dossier, éparses sur un fauteuil. A travers ces formules, ces pourcentages abstraits pour elle, ces clichés de radios où elle ne discernait que des ombres, n'avait-elle pas eu, pendant que le docteur les examinait, une conscience plus aiguë de la réalité de « l'autre » ?

Elle frissonna. C'était possible, après tout. Pourtant, la source de son angoisse lui semblait plus complexe, plus difficile à définir.

Marie-Hélène renonça à la découvrir.

La gorge toujours serrée, elle rangea les feuillets dans leur enveloppe et reporta celle-ci dans sa cachette, au premier étage. Ensuite, elle éteignit la lumière du salon et celle du vestibule, puis, à tâtons, dans l'obscurité, pour ne pas troubler le sommeil de Laurent, elle avança dans la chambre.

Le lit, très large, comportait à la mode allemande, deux matelas, côte à côte, avec leur literie individuelle. Elle se glissa dans ses draps le plus doucement possible et écouta le souffle paisible de son mari. Sa main chercha celle de Laurent et, quand elle l'eut trouvée, se blottit au creux de la large paume qui se referma instinctivement sur ses doigts.

Toute sa sensibilité concentrée sur ce tendre

attouchement, Marie-Hélène lutta contre le sommeil. Il lui semblait que le courant de vie qui s'établissait entre eux était assez puissant pour dissoudre son tourment.

Déjà ses nerfs relâchaient leur tension. Son cerveau se libérait en partie de ses cauchemars. Elle put de nouveau penser aux actes de tous les jours, sans importance mais si rassurants. Demain, elle se lèverait tôt et, avant que Laurent fût réveillé, elle irait au bourg lui chercher ses cigarettes. Et, qui sait ? S'il ne souffrait pas trop de ses chevilles, un peu plus tard, dans la matinée, pourraient-ils aller, tous les deux, jusqu'au kiosque à musique ? Chaque jour, à l'heure de l'apéritif, un excellent quatuor à cordes y interprétait des œuvres classiques. Laurent raffolait de l'atmosphère surannée qui baigne les jardins publics des élégantes stations suisses.

« On y rencontre tant de vieilles ladies corsetées, disait-il, et tant de vieux gentlemen en panama, qu'on se croirait transporté au temps de la reine Victoria. »

Puis elle songea que la pluie allait encore contrarier ses projets... La pluie... Bizarre ! A cette idée, la douleur bougeait de nouveau en elle. Qu'est-ce que la pluie pouvait avoir de commun avec sa souffrance ?

Elle refusa de se laisser tourmenter davantage et s'efforça d'évoquer des images plaisantes : le lac miroitant au soleil, les bateaux blancs et, dans l'eau transparente, Laurent et elle nageant de concert...

Mais c'était pire. Sa gorge se nouait de nouveau et une amertume lui montait aux lèvres.

Pour conjurer les forces mauvaises qui la brisaient, elle appuya plus fort sa main au creux de celle de Laurent. Une fois de plus, le charme opéra. Le refuge était tiède, rassurant.

« La fièvre l'a quitté », découvrit-elle avec un soulagement qui l'apaisa.

Et elle sombra dans l'inconscience.

Elle s'éveilla à l'aube, les tempes battantes, la sueur au front, en proie à un cauchemar où le rêve et la réalité se mêlaient au point qu'elle ne pouvait les dissocier.

Laurent dormait encore mais s'était retourné pendant son sommeil et leurs deux mains ne se joignaient plus.

Marie-Hélène gardait les yeux clos. Elle savait maintenant où l'angoisse qui l'avait saisie la veille plongeait ses racines. Ce que le raisonnement n'avait pu lui faire découvrir, son subconscient, en décantant ses impressions, l'avait décelé pendant son sommeil.

« ... Quand on a la chance, comme c'est le cas pour votre mari, d'être suivi par un spécialiste aussi compétent que votre belle-sœur... »

Les mots s'étaient fichés en elle comme autant de dards douloureux et, bien qu'elle en eût aussitôt refoulé le venin dans les replis secrets de son être, celui-ci avait continué son lent cheminement, empoisonnant tout sur son passage. La peur lui venait de mésestimer Lucile, de l'avoir recréée à partir de ses défauts, sans se préoccuper de sa valeur professionnelle. Si le docteur Fröhlich ne s'était pas trompé, si les capacités de Lucile en faisaient un médecin qualifié pour traiter les leucémies, alors Marie-Hélène avait commis un crime en éloignant de Laurent la seule personne capable, peut-être, de le sauver.

Puis elle se souvint d'une réflexion du médecin de la clinique, et l'incertitude balaya provisoirement ses remords.

« Jusqu'à présent, avait-il avoué, aucun médicament n'a encore à son actif la guérison d'un cancer humain… »

C'était vrai qu'il avait aussi ajouté :

« … Mais des découvertes récentes ont déjà permis des arrêts plus ou moins prolongés de la maladie. Or, la recherche thérapeutique fait de tels progrès qu'on est maintenant en droit d'espérer qu'à bref délai une affection comme la leucémie sera facilement curable… »

Peut-être le traitement qui avait été ordonné à Laurent eût-il accordé au malade la survie nécessaire pour attendre l'apparition du remède miracle ?

C'était Lucile qui avait fourni les comprimés, apporté les ampoules.

« Du banal foie de veau », disait-elle pour vaincre la répugnance de Laurent.

Et s'il s'était agi d'un médicament plus complexe, dont elle avait découvert la formule, et qu'elle avait voulu expérimenter sur son beau-frère ?

Par insouciance, Laurent avait tout envoyé promener après le départ de Lucile. Et Marie-Hélène, persuadée que le salut ne pouvait venir que du docteur Kaufmann, n'avait élevé que de bien faibles protestations.

A présent, sa légèreté l'épouvantait. Puis l'image d'une Lucile déployant tous ses charmes pour séduire Laurent la faisait passer du désespoir à la révolte. Sa belle-sœur, elle le savait, était prête à tout pour la supplanter dans le cœur de Laurent. Or, Marie-Hélène aimait trop son mari pour accepter de voir constamment entre eux une femme dont la passion avait la violence de la sienne.

Et pourtant... S'il existait une chance, même infime, de sauver Laurent, devait-elle la refuser sous l'égoïste prétexte que son bonheur risquait d'être détruit ?

« Et il le serait », se disait-elle en se souvenant de la fervente admiration qui animait les traits aimés à chacune des visites de Lucile.

Mais la jalousie avait beau élargir en elle ses ondes dévastatrices, Marie-Hélène savait que son choix était fait. Il l'avait été à la seconde où le docteur Fröhlich avait parlé. La vie de Laurent valait pour elle tous les sacrifices.

Elle se dressa sur un coude et le regarda avec une tendresse un peu avide.

« Mon Dieu ! Pour le sauver, faudra-t-il donc que je le perde ? »

La lueur blafarde qui filtrait entre les doubles rideaux éclairait en plein le visage de Laurent encore endormi. Ses cheveux bruns, que l'oreiller avait rabattus en frange sur le front, lui donnaient l'air d'un consul romain. Même dans le sommeil, ses traits conservaient leur fermeté. Ses lèvres entrouvertes laissaient voir l'éclat des dents.

La réflexion d'un auteur qui avait décrit sa propre expérience conjugale revint à l'esprit de la jeune femme :

« ... Tant que l'on n'a pas vu l'homme de sa vie dormir la bouche ouverte, et senti malgré tout son cœur battre de tendresse pour lui, on ne peut savoir si son amour est, oui ou non, à toute épreuve... » (1).

Malgré son chagrin, Marie-Hélène ne put s'empêcher de sourire.

S'il s'agissait d'un test, il était concluant... Qu'elles fussent ouvertes ou fermées, ces lèvres qui savaient se montrer à la fois si douces et si exigeantes, éveillaient toujours en elle le même émoi.

Elle résista cependant à la tentation de les embrasser. Le sommeil de Laurent lui apparaissait comme un don trop précieux pour être troublé.

Sagement, elle s'allongea de nouveau et, les yeux clos, se mit à tirer des plans pour la journée.

Elle en était à composer le menu du déjeuner, lorsqu'elle sentit un souffle léger sur son visage.

(1) Nicole de Buron : *Et vogue la gondole.*

Elle ouvrit les yeux. Penché sur elle, Laurent la regardait.

Ils se sourirent et, soudain, tout fut entre eux comme au temps béni de l'insouciance.

— Je veux voir tout de suite le docteur Fröhlich. Dites que c'est de la part de Mme Brémont.

Habillée d'une robe bleue sans manches, ses cheveux blonds sagement relevés en chignon, Marie-Hélène se tenait sur le seuil de la maison du médecin : un grand chalet aux balcons ruisselants de géraniums, situé hors du bourg, sur le chemin qui montait à la station du téléférique.

La servante, une matrone qui ressemblait comme une sœur à frau Müller, ne paraissait guère disposée à faire entrer la jeune femme.

— Ne pouvez-vous revenir à l'heure de la consultation ? demanda-t-elle en allemand. Le docteur ne reçoit que l'après-midi.

— C'est maintenant que j'ai besoin de le voir.

— Mais il est à peine neuf heures, protesta la femme en barrant la porte de son large corps. Le matin, le docteur visite ses malades à domicile et ne reçoit personne, sauf pour une urgence.

— Eh bien ! dites-lui qu'il s'agit d'une urgence, insista Marie-Hélène, obstinée.

— *Ach !* Comme vous voudrez, dit l'autre, à regret.

Elle disparut dans les profondeurs fraîches de la maison, laissant la visiteuse sur le seuil.

Marie-Hélène se retourna et embrassa d'un regard émerveillé le panorama qu'encadraient, dans le jardin, des arceaux fleuris de roses. Du chalet, situé à flanc de montagne, la vue s'étendait plus loin que d'Alpensee, mais ne dominait pas encore complètement le plan d'eau, si bien que, par une illusion d'optique, les promontoires qui découpent les rives semblaient se rejoindre d'un bord à l'autre et enchasser plusieurs lacs. Saphirs sertis d'émeraudes car, sous le soleil et le ciel bleu miraculeusement revenus, l'eau avait retrouvé sa transparence d'azur, et la montagne, fraîchement lavée, le vert lumineux de ses pâturages.

A droite, épousant les courbes de la rive, Vitznau étalait paresseusement ses chalets et ses hôtels enfouis dans des parcs aux essences méridionales. Un petit train rouge, à crémaillère, traversa le bourg. Marie-Hélène le regarda avancer lentement au flanc de la montagne en direction des hauteurs du Righi.

La servante l'arracha à sa contemplation.

— Si Madame veut se donner la peine d'attendre par ici, dit-elle en ouvrant une porte dans le vestibule, le docteur va venir dans quelques instants.

Marie-Hélène entra dans la bibliothèque, une pièce assez vaste sous des poutres anciennes, au parquet laqué d'encaustique. Des livres montaient en rangs serrés le long de trois murs, depuis le plancher jusqu'au plafond. La jeune femme les inspecta avec l'œil critique d'un général devant ses troupes. Puis elle se dirigea vers l'une des deux cathèdres à dossier droit qui, avec trois fauteuils Dagobert et une lourde table de chêne, composaient tout le mobilier. Elle s'assit, les mains sagement croisées sur les genoux, l'échine raide comme un bâton.

Son opinion sur le docteur Fröhlich prenait un tour favorable.

« Le choix des livres, leur rangement, dénotent l'homme cultivé, méticuleux et de goûts sévères. Celui des sièges prouve qu'il n'a aucun sens du confort. »

Puis, avec une logique très personnelle et qui n'eût pas surpris Laurent, elle conclut :

« C'est un ascète et je peux lui accorder ma confiance. »

Elle se releva pour accueillir le médecin. Celui-ci entrait, l'air affairé, les sourcils froncés. Il serra la main de la jeune femme et dit très vite :

— J'avais l'intention de passer voir votre mari après mes visites. Comment va-t-il ?

Le ton, l'attitude — il ne lui avait pas proposé de se rasseoir — prouvaient son désir d'abréger un entretien qui risquait de perturber son emploi du temps. Marie-Hélène ne s'en formalisa pas. Sous l'écorce rude, elle devinait une grande bonté. Et c'était à cette qualité qu'elle avait résolu de faire appel.

Elle donna des nouvelles de Laurent. Il allait beaucoup mieux. Ses chevilles étaient moins enflées. La fièvre avait cédé. Naturellement, il refusait de garder la chambre.

— Toujours aussi fatigué ?

Elle répondit qu'elle n'en avait pas l'impression et fut heureuse qu'à ce moment il baissât les yeux pour regarder ostensiblement sa montre. Ainsi n'avait-il rien vu de sa confusion.

— Quel étrange mal, enchaîna-t-elle aussitôt d'un ton précipité. Un jour, il frappe avec une violence meurtrière et, le lendemain, disparaît au point qu'on croit avoir été seulement la victime d'un cauchemar.

Les mots sonnaient faux. Elle s'en rendait compte, mais ne savait comment aborder le sujet qui lui tenait à cœur. Le médecin la considérait d'un air attentif qui ajoutait encore à son trouble.

« Il doit s'imaginer que je ne veux pas qu'il passe ce matin à Alpensee », se dit-elle en mordillant nerveusement l'ongle de son pouce.

Elle se hâta de poursuivre :

— Surtout, docteur, revenez voir mon mari comme vous me l'avez promis hier soir. Sa bonne santé n'est peut-être qu'apparente. Vous seul...

Il l'interrompit d'une voix impatiente :

— Cessez de ronger vos ongles et dites-moi clairement ce qui vous amène chez moi à neuf heures du matin.

Outragée, elle protesta en étendant devant elle ses mains fines et soignées.

— Je ne ronge pas mes ongles, seulement un tout petit peu les peaux de mon pouce.

— Comme une enfant, gronda-t-il. C'est de l'onychophagie.

— De l'ony... Oh ! Quelle horreur ! s'exclama-t-elle, alarmée.

— Le mot est aussi laid que ce qu'il représente, je vous l'accorde. Mais, avec un peu d'attention et de volonté, on vient facilement à bout de cette manie. Maintenant que vous avez eu votre consultation, je peux partir ?

— Oh ! non, pas encore, dit-elle en joignant les mains dans un geste touchant de supplication.

Elle paraissait si fragile, si désorientée, que le docteur Fröhlich sentit vaciller sa décision d'être bref. Un souffle de pitié et de sympathie l'amollissait. Il prit la jeune femme par le coude et l'obligea à se rasseoir. Puis, les mains derrière le dos, il se campa devant elle et l'interrogea avec bonté.

— Vous avez peur, n'est-ce pas ?

— Oui, dit Marie-Hélène, étonnée. Ça se voit donc ?

— Comme le nez au milieu du visage. Et quel est l'objet de votre crainte ?

Elle ne répondit pas. Il insista.

— Hier soir, vous m'avez donné une impression de pondération. Aujourd'hui, votre nervosité me prouve que ce bel équilibre est rompu. Pourtant, de votre propre aveu, votre mari semble aller beaucoup mieux, se lève et, de toute évidence, va reprendre une vie normale. Alors...

— Mais c'est justement cette soudaine amélioration qui me fait peur. Vous ne comprenez donc

pas ? interrompit Marie-Hélène en se retenant de
crier. J'ai essayé de vous le dire tout à l'heure,
mais je me suis mal exprimée. C'est affreux,
docteur. A présent, même quand mon mari
semble bien portant, je ne suis plus certaine de
rien. Il me regarde, et je guette alors sur ses traits
une crispation de fatigue ou la pâleur subite de ses
lèvres. Il me parle, et je crois entendre sa voix qui
s'altère. S'il se mouche, j'imagine avec terreur que
son sang va se remettre à couler, à couler sans
pouvoir s'arrêter. Tout à l'heure... Oh ! Il vaut
mieux que vous le sachiez, il a été si tendre, si
aimant... J'aurais dû être pleinement heureuse,
moi qui désire avec tant de force un enfant. Eh
bien ! non, l'angoisse me paralysait. J'avais l'impression que, par ma faute, quelque chose d'épou-
vantable allait arriver... Il m'a pressée de questions comme s'il avait deviné que je lui dissimulais
un secret...

— Et vous avez avoué la vérité ?

— Mais non, heureusement. Vous n'avez donc
pas compris qu'il ne doit pas la soupçonner ? Il
faudra peut-être la lui dire, plus tard, quand ça
deviendra impossible de la lui cacher, mais ce
n'est pas encore l'heure, non ?

Elle avait les yeux pleins de larmes. Le docteur
tira près d'elle un de ses inconfortables fauteuils
Dagobert et s'y assit. Il prit dans les siennes les
mains de Marie-Hélène et les serra amicalement.

— Allons, allons, pourquoi ce brusque affolement ? Vous avez très bien tenu le coup jusqu'à
présent. Ce n'est pas le moment de flancher.

Votre mari a besoin de trouver auprès de lui une femme parfaitement maîtresse de ses nerfs, courageuse...

Elle se dégagea et se mit à pleurer.

— Je ne suis pas courageuse, je le sais. Quelquefois, je pense que tout serait plus facile si je l'aimais moins. Alors j'essaie de renoncer à lui. Je me dis qu'il m'a seulement été prêté, qu'il ne m'appartient pas davantage que ma propre vie, et que, le jour choisi par Dieu, tout me sera ôté. Mais au lieu de puiser dans cette idée la force d'âme qui me manque, je n'en retire que de nouveaux motifs de souffrance et de révolte.

— C'est parce que vous vous engagez dans une impasse. Un prêt est un dépôt sacré. Employez donc toute votre énergie à le conserver intact, plutôt que de concentrer votre esprit sur le moment où il vous sera réclamé. Nous le savons tous que nous ne sommes que de passage sur cette terre. Mais, *lieber Gott !* efforçons-nous d'y rester le plus longtemps possible. Ce n'est pas en pleurant que vous aiderez votre mari à guérir. Veillez à ce qu'il suive scrupuleusement le traitement qu'a dû lui prescrire votre belle-sœur. Étant donné ses préventions contre les remèdes, la tâche ne doit pas être des plus faciles.

Stimulée par le ton persuasif du médecin, Marie-Hélène sécha ses larmes.

— Je suis fâchée avec ma belle-sœur, lui confia-t-elle, et cette brouille la tient éloignée de notre foyer.

Le docteur parut surpris.

— J'avais cru comprendre que c'était le docteur Brémont qui avait fait entrer votre mari en clinique et avait surveillé sa convalescence.

— C'est exact, mais son rôle s'est borné là. Quant à son traitement...

Elle eut un geste éloquent pour montrer le peu de cas que Laurent en avait fait.

Il fronça les sourcils.

— Quelle imprudence ! Alors depuis deux mois votre mari ne prend aucun médicament ?

— Non, avoua Marie-Hélène ; aussi, après ce que vous m'avez appris, hier, sur ma belle-sœur, je me sens coupable et j'ai décidé d'en savoir un peu plus long sur ses travaux... Docteur, ce livre qu'elle a écrit sur la génétique, accepteriez-vous de me le confier ?

Attentive à ne pas laisser deviner ses véritables sentiments à l'égard de Lucile, elle avait parlé trop vite et sa voix manquait de naturel.

Le docteur ne répondit pas aussitôt. Son regard clair s'attachait au visage fermé de Marie-Hélène, en quête d'une vérité qui lui échappait. Il renonça à la découvrir. Après tout, son rôle se bornait à guérir ou seulement à redonner l'espoir. Les autres problèmes n'étaient pas de son ressort.

— Vous confier l'ouvrage du docteur Brémont ? répéta-t-il d'un ton réticent. A quoi bon ? Il n'est accessible qu'aux biologistes. En outre, qu'attendiez-vous exactement de sa lecture ? La confirmation d'un espoir ? Alors, même si vous pouviez le comprendre, ce texte vous décevrait, car il ne traite que des lois essentielles de l'hérédité.

— Alors, pourquoi avez-vous parlé de la compétence de ma belle-sœur en ce qui concerne la leucémie ?

— Parce qu'en partant de certaines théories sur la transmission des caractères de l'organisme elle est arrivée à la conclusion que, si le cancer lui-même n'est pas une affection que les enfants héritent des parents, comme l'hémophilie ou la surdité, en revanche, la prédisposition ou la résistance à cette maladie sont héréditaires. En résumé, ce n'est pas le cancer qui serait transmis d'une génération à l'autre, mais un état d'immunité ou de réceptivité. Dès lors, il ne s'agit plus que de trouver le moyen de rendre résistant à ce mal un organisme qui ne l'est pas. Or, les travaux du docteur Brémont sont dirigés essentiellement vers ce but.

— Et ce but est atteint ? demanda Marie-Hélène avec avidité.

— Un chercheur ne livre le résultat de ses expériences que lorsque celles-ci sont concluantes, répondit-il. Mais j'ai bon espoir.

— Et vous y croyez, vous, à la théorie de ma belle-sœur ?

— Entièrement, répondit-il sans l'ombre d'une hésitation.

Sa foi convaincante eut sur Marie-Hélène le même effet qu'un vigoureux cordial. mais, presque aussitôt, un intolérable goût d'amertume monta aux lèvres de la jeune femme. Rien de ce qu'il avait dit ne concernait Laurent. Si Lucile réussissait, le résultat serait sûrement un grand bienfait pour l'humanité, mais un leucémique déjà condamné ne recevrait pas la moindre parcelle de cette manne.

Elle leva sur le médecin un regard dur.

— Même si ma belle-sœur ne se trompe pas, même si elle découvre le sérum qui protégera ceux qui sont prédisposés, quel bénéfice mon mari en retirera-t-il ? S'il tient de son père et de son grand-père une hérédité cancéreuse, le mal est déjà installé. Pour l'immuniser, c'est trop tard... Trop tard, vous comprenez ? cria-t-elle avec une douloureuse véhémence.

— *Mein Gott !* tonna le docteur, la barbiche en bataille. Je n'ai jamais rencontré une telle promptitude au découragement. Mais réfléchissez donc, au lieu de vous cogner continuellement aux mêmes idées pessimistes. Si vraiment le cancer... la leucémie, puisque c'est d'elle qu'il s'agit, ne s'installe que sur certains « terrains », eh bien ! ce ne sera plus de la maladie qu'on s'occupera, mais du terrain en question. Imaginez une pièce humide, envahie de moisissures. Vous pouvez gratter celles-ci, elles continueront de proliférer. Mais asséchez les murs et les champignons disparaîtront. Me comprenez-vous ? Le traitement que les chercheurs espèrent mettre au point s'attaquera aux causes et non plus aux effets. Peut-être sa découverte est-elle pour demain ? Peut-être le docteur Brémont ou un autre spécialiste l'a-t-il déjà trouvé ? C'est à cet espoir que vous devez coûte que coûte vous accrocher, comme la nacelle au ballon. Laissez-vous porter par lui, abandonnez-lui la direction de vos actes et de vos décisions...

Il s'interrompit et la regarda attentivement. Une flamme s'était rallumée dans les yeux noisette. Il se détendit. Ses paroles avaient donc eu l'effet qu'il en espérait. Il éprouva le même enivrement que lorsqu'il lui arrivait de remporter une victoire sur la maladie.

Après l'avoir remercié, Marie-Hélène s'était levée pour prendre congé. Son attitude résolue affirmait la décision qu'elle venait de prendre.

Dehors, sous le soleil, la surface du lac se pailletait d'argent.

— Je passerai voir votre mari en fin de matinée, promit le médecin.

— Ne lui parlez pas de la visite que je vous ai faite, supplia Marie-Hélène.

— Naturellement. Et surtout, n'oubliez pas : dorénavant, plus de pensées moroses. Essayez de projeter votre bonheur dans l'avenir. Vous en avez le droit.

« S'il savait ce que Lucile voudrait en faire, de mon bonheur ! » songea-t-elle avec une brusque mélancolie.

Mais elle réussit à sourire en lui tendant la main.

— Tes cigarettes, mon chéri.

Essoufflée, les joues rosies par sa course, elle tendait à Laurent une cartouche de Craven achetées en passant à la réception de l'hôtel Vitznauerhof.

Inquiet d'une absence qui se prolongeait anormalement, Laurent trompait son impatience en faisant les cent pas dans le jardin.

— Petit masque ! s'exclama-t-il avec une expression de soulagement. Ne pouvais-tu me prévenir ? Je me demandais ce que tu étais devenue et m'apprêtais à partir à ta recherche. Depuis trois quarts d'heure que je me morfonds...

— Depuis si longtemps ? s'étonna-t-elle. Alors je suis impardonnable. Mais lorsque je suis partie, je ne pouvais pas te parler, tu étais sous la douche. Et, arrivée à Vitznau, j'ai dû attendre l'ouverture des magasins...

— Parce que tu es allée jusqu'au bourg ?

Elle acquiesça de son air le plus candide.

Une ombre vite dissipée ternit les yeux de Laurent.

— Tu pouvais t'épargner cette course et t'adresser au premier hôtel que tu trouverais sur ton chemin, dit-il sévèrement. Il en existe un à deux cents mètres d'ici.

Le ton surprit Marie-Hélène.

— Tu es fâché ?

— Non, mais après ce qui t'est arrivé hier soir, je n'aime pas à te savoir seule sur les routes.

Tout en parlant, il l'avait entraînée à travers le parc. Jamais, depuis leur arrivée, le temps ne leur avait permis de s'y promener. Ils s'étaient engagés

sous les arbres, dans un sentier étroit et sinueux
qui descendait en pente douce vers le lac. Laurent
s'arrêta soudain et prit entre ses mains le visage de
Marie-Hélène. Il examina d'un œil attentif la
pommette encore un peu gonflée. Marie-Hélène
se félicita d'avoir pensé, dans le hall de l'hôtel, à
réparer d'un coup de houpette les dégâts causés
par les larmes.

— Tu vois bien que ce n'est plus qu'un
mauvais souvenir, dit-elle en souriant.

Il posa tendrement ses lèvres sur la meurtris-
sure.

— Plus de peur que de mal, heureusement.
Mais, tout de même, ajouta-t-il d'une voix qui
s'encoléra au fil des mots, si je tenais le salopard
qui t'a renversée, il passerait un mauvais quart
d'heure. Naturellement, il n'y a pas eu de
témoins ?

— Oh ! si. Une demi-douzaine. Ils étaient
autour de moi quand j'ai repris connaissance.
Mais, dans une enquête, leur audition n'apporte-
rait pas la lumière. Ils se contredisaient tous et
n'étaient d'accord que sur la marque de la voiture : une Opel blanche qui appartient au garage
Rottal de Zurich. Que fais-tu ?

Il avait sorti de sa poche stylo et calepin et
prenait des notes.

— J'inscris ce que tu me dis... garage Rottal...
Opel blanche. Aucune indication de numéro ?

— D'après le fils du garagiste, il se terminait
par un zéro. Qu'espères-tu donc ?

— Retrouver ton agresseur et lui envoyer mon poing à travers la figure, dit-il férocement.

— Et si c'est une femme ?

Surpris de ne pas avoir envisagé cette éventualité, il haussa les sourcils, ce qui accentua encore leur asymétrie. Son irritation n'en fut pas atténuée pour autant.

— Si c'est une femme, eh bien !... je lui dirai ce que je pense des folles de son espèce... ou mieux, je déclencherai contre elle l'appareil judiciaire cantonal. La police suisse ne badine pas avec ce genre de délit.

— Oublie donc cette histoire, conseilla Marie-Hélène d'un ton apaisant.

Mais, au fond d'elle-même, elle était ravie de voir combien il prenait l'incident à cœur. N'était-ce pas une nouvelle preuve d'amour qu'il lui offrait ?

« Toujours prêt à pourfendre celui qui ose s'attaquer à un seul de mes cheveux », songeait-elle, avec au cœur la griserie de ceux qui se savent passionnément aimés.

Elle contemplait avec adoration le beau visage qu'une saine colère enfiévrait.

— Oublier cette histoire ? répétait Laurent d'un ton combatif en ponctuant sa phrase d'un vigoureux coup de menton en avant. Ce serait trop facile. L'imbécile... ou le criminel, appelle-le comme tu voudras, qui t'a culbutée est un danger public. Il existe trop de chauffards sur les routes. Si je peux mettre la main sur l'un d'eux, je lui ferai passer l'envie de jouer aux quilles avec les piétons.

L'euphorie de Marie-Hélène baissa de plusieurs degrés. Ce n'était pas uniquement par amour pour elle que son preux chevalier brûlait de se transformer en justicier. En châtiant l'adversaire, il lui ferait aussi payer en bloc les refus de priorité, « queues de poisson » et autres irritantes escarmouches dont il avait été la victime au volant.

Ils étaient arrivés sur une petite grève en forme de croissant. Laurent jeta la cigarette qu'il venait d'allumer et l'enfonça dans le sable d'un coup de talon rageur.

Marie-Hélène, dégrisée, estimait maintenant qu'un tel emportement était hors de proportion avec l'événement. Elle tenta une diversion en désignant à Laurent le bateau de Lucerne, d'un blanc immaculé sous le soleil, qui ralentissait pour accoster, huit cents mètres plus loin, à l'embarcadère de Vitznau.

— Les ponts regorgent de touristes, remarqua-t-elle. On voit que le beau temps est revenu.

Laurent interrompit net sa diatribe contre les mauvais conducteurs. Les sourcils froncés, il observa la manœuvre du bateau, puis son regard, errant pensivement sur la rive opposée, remonta la houle des bois et des prés jusqu'aux crêtes lointaines, poudrées de neige, qui se détachaient sur l'azur du ciel.

Après quelques secondes de silence, il se tourna vers sa femme. Un sourire jouait sur ses lèvres mais n'atteignait pas encore ses yeux.

— Tu as gagné, décida-t-il.

Elle affecta de ne pas comprendre.

— Gagné quoi ?

— De prolonger tes vacances ici au lieu d'aller t'ennuyer à Kervrahen... Non, non, dit-il très vite pour prévenir toute objection, n'essaie pas de me faire croire que tu ne pensais plus à notre pacte. C'est toi-même, à l'instant, qui viens d'y faire allusion. Tu n'avais pas besoin de me rappeler que le beau temps était revenu. Dès que j'ai ouvert l'œil, ce matin, je me suis dit que tu avais une sacrée veine. Et pendant ton absence, je t'ai préparé une surprise.

— Je raffole des surprises, dit Marie-Hélène, perplexe, seulement...

— Pas de restriction, coupa Laurent.

L'ardeur de sa voix, l'expression amusée de ses yeux sombres prouvaient qu'il avait dominé son accès de mauvaise humeur. Guettant la montée de la joie sur le visage de Marie-Hélène, il ajouta en pesant ses mots :

— Tu m'avais bien dit que tu rêvais de glaciers et de pentes neigeuses, n'est-ce pas ? Eh bien ! tout à l'heure, j'ai retenu par téléphone une chambre dans le meilleur hôtel d'Engelberg. Nous y séjournerons tout le temps que tu voudras.

Il saisit sa femme par la taille et lui fit faire deux tours de valse.

— Alors, bijou, c'est une bonne surprise, non ?

— Oui, bien sûr, balbutia-t-elle.

Les paroles du docteur Fröhlich tourbillon-
naient dans sa tête.

« … Alors, depuis deux mois, votre mari ne suit
aucun traitement ?… Peut-être votre belle-sœur
a-t-elle déjà trouvé le remède qui s'attaquera
aux causes de la leucémie ?… »

Ah ! Elle se souciait bien de glaciers, maintenant ! La veille, la proposition de Laurent eût
servi ses plans. Aujourd'hui, elle les contrariait.

D'un regard investigateur, Laurent jaugeait
l'effet produit par ses paroles.

— Ton enthousiasme confine au délire,
remarqua-t-il, sarcastique.

Elle le prit par le cou et posa tendrement la tête
sur sa poitrine.

— Les montagnes, je les ai assez vues, déclara-
t-elle avec une moue enfantine. A présent, je rêve
de plages et de landes bretonnes. J'ai la nostalgie
des murs gris de Kervrahen. C'est là que je veux
poursuivre mes vacances.

Comment Laurent gardait une immobilité de
statue, elle releva le front.

— Tu ne me crois pas ?

— Je pense que tu te paies ma tête, dit-il avec
une voix singulière.

— Oh ! mon chéri… Je te le jure, rien ne peut
me faire plus de plaisir que d'aller à Tréguier.

Il vit qu'elle ne mentait pas. Alors, il la détacha
doucement de lui et l'observa longuement, des
questions plein les yeux.

— Nous partirons quand tu le voudras, ajouta-t-elle précipitamment. Demain... ou même ce soir.

— Tu es sûre de ne rien regretter ?

La question éveilla en elle des échos doulou-reux. Pourtant, elle réussit à les étouffer.

— Rien du tout, affirma-t-elle.

— Très bien, dit Laurent d'un ton boudeur. Alors, puisque tel est ton caprice, hâtons-nous de le satisfaire avant que le vent ne tourne de nouveau.

Il avait fait volte-face et se dirigeait vers la maison à une allure telle que Marie-Hélène avait du mal à le suivre. Elle se sentait outragée par son attitude.

« Tout de même, se disait-elle, il exagère. Pour une fois que je change d'avis, il me prend pour une girouette. Certes, je ne m'attendais pas à ce qu'il me tresse une couronne, mais puisque je choisis la solution qu'il préfère, il pourrait au moins manifester quelque satisfaction. »

— On dirait que tu n'es pas plus content que ça d'aller voir Grannie, maugréa-t-elle derrière lui.

Il se retourna si subitement qu'elle vint buter du front contre sa poitrine. La colère durcissait de nouveau ses traits.

— Ne renverse pas les rôles, s'il te plaît, cria-t-il. Je te vois venir. Dans deux minutes, tu vas me prouver que le plus inconstant de nous deux, c'est moi.

« Inconstante ! Voilà maintenant qu'il me traite d'inconstante », se dit Marie-Hélène, dépitée.

Les larmes s'amassaient dans sa gorge. Elle put seulement articuler d'une toute petite voix :

— Ne crie pas, je t'en prie. Pourquoi es-tu fâché ?

Il s'aperçut de son trouble et, aussitôt, le remords le submergea. D'un geste presque brutal, il l'enlaça et déposa dans son cou un baiser sonore, plus malicieux que tendre. Sa voix se radoucit et une expression d'ironie plissa ses paupières.

— Sois tranquille, ravissante petite toquée, je suis très heureux... Plus que toi, j'en mettrais ma main à couper.

Après le déjeuner qui déroula ses rites dans une atmosphère d'orage, il parut impatient de quitter Alpensee.

— Termine vivement les valises, dit-il. Nous partirons dans l'après-midi et ferons étape à Dijon.

Elle remarqua avec une pointe de mélancolie qu'il semblait avoir renoncé à retrouver le chauffard de la veille.

« Bah ! se dit-elle, c'est aussi bien comme ça. Quelle importance, maintenant ? »

Il lui offrit son aide. Mais il avait les nerfs à fleur de peau et, au bout de dix minutes, parce qu'à son avis Marie-Hélène manquait de méthode pour plier ses chemises, sa mauvaise humeur éclatait de nouveau.

— Oh ! J'en ai assez, s'emporta-t-elle, excédée

par des critiques qu'elle trouvait totalement injus-
tifiées. Va dormir ou te promener, mais, de grâce,
cesse de jouer les tyrans.

Il sortit en claquant la porte. Elle s'effondra
dans un fauteuil en sanglotant. Si tous les hommes
étaient aussi égoïstes et aussi injustes que celui-là,
à moins que la femme n'eût une vocation de
martyre, il n'existait pas sur terre un seul mariage
heureux. Le sien, elle le sentait, était en train de
se fissurer dangereusement.

Peu à peu, elle recouvra son calme et une plus
juste vision de la réalité. En même temps, toute sa
tendresse s'élançait, intacte, vers son mari. Comment avait-elle pu se montrer si impatiente, alors
que Laurent, miné par la maladie, n'était peut-
être plus entièrement maître de ses sautes d'humeur ?

Elle se leva et partit à sa recherche. Elle
l'aperçut dans le jardin, assis à l'ombre d'une
tonnelle, en train de noircir de sa fine écriture les
pages d'un bloc sur lequel il avait l'habitude de
noter ses impressions de voyage. Il arborait un air
grave, réfléchi, « son visage d'intellectuel », disait
Marie-Hélène avec respect.

Elle le contempla un moment avec une admiration qui n'avait rien perdu de sa ferveur. Puis,
renonçant à le déranger, elle retourna à ses valises.

CHAPITRE VI

« Quand j'aurai perdu le goût des reportages lointains, j'écrirai mes mémoires... »

Cette promesse que je me suis faite souvent, sans trop y croire, l'heure serait-elle venue de la tenir ?

N'est-ce pas trop présomptueux de penser que mon expérience de globe-trotter pourrait servir à d'autres ? Mes lecteurs ne s'intéressent qu'à l'actualité. Un reportage sur l'explosion d'un Boeing en Égypte, par exemple, les passionne dans la semaine où l'événement se produit. Cette semaine-là, j'aurais mauvais goût de raconter mes propres aventures. Mais si, des années plus tard, je leur dis que, pour réaliser photos et récit de l'accident, j'ai pataugé pendant trois heures dans les boues du Nil, décroché des centaines de sangsues qui se collaient à mes jambes, et failli devenir fou par les démangeaisons que ses satanées bestioles me provoquaient, je pense qu'ils se moqueront de mon histoire comme de leur première bouillie.

Pourtant, l'habitude est prise. Je continue de noter mes aventures personnelles. Que je les publie ou non, il faut que je les écrive. Pour moi, c'est devenu aussi nécessaire que de fumer une cigarette après le repas.

C'est curieux. Je dois être marqué par le destin. Depuis que je ne peux plus folâtrer, loin d'ici, avec les catastrophes, ce sont elles qui viennent me trouver à domicile. Puisque la fièvre sape mon énergie, plus question de partager les risques des combattants du Vietnam, ou d'aller griller mes semelles dans la cendre des volcans. C'est un autre genre de drame qui me concerne, maintenant. Et parce que de celui-là, nul ici-bas n'est à l'abri, je le crois plus redoutable encore qu'une avalanche ou un tremblement de terre.

J'ai changé de camp. Pendant dix ans, j'ai été un spectateur de cataclysmes. Les décrivant de l'extérieur, je les vivais avec mon intelligence et mon cœur, mais sans en ressentir les effets dans ma chair.

Je sais à présent ce qu'on éprouve quand tout s'écroule autour de soi, lorsque le temps est si mesuré que le mot « avenir » n'a plus de sens.

Autrefois, en voyant souffrir cruellement de malheureuses victimes, j'avais pensé que la mort pouvait être douce et bonne et qu'il valait mieux l'appeler avant qu'elle ne devienne trop cruelle. Réflexion imprudente de spectateur inconscient. Ce qui compte, j'en parle en connaissance de cause, c'est de retarder le moment où on sera précipité dans les ténèbres.

En ce qui me concerne, l'échéance tombera peut-être demain. Peut-être m'interdira-t-elle de terminer ma page. Je suis un mort en sursis. La longueur de ce sursis, qui pourrait la connaître ? Tout à l'heure, si Marie-Hélène nous avait laissés seuls, le docteur Fröhlich et moi, j'aurais posé la question à ce brave vieux toubib. Je sais qu'il m'aurait donné sa réponse sans détour ni réticences. J'ai l'habitude des êtres. Celui-là ne m'aurait pas trompé comme ont tenté de le faire les morticoles de la clinique, et même cette exaltée de Lucile. C'est la complicité qui les liait, et aussi le besoin qu'ils éprouvaient de me rassurer à tout prix, qui m'ont mis la puce à l'oreille.

Lorsque j'ai eu ma première hémorragie, j'arrivais de Mexico, nanti d'un magistral coup de soleil qui me donnait le teint d'un Aztèque. Bienheureuse insolation ! A en croire le corps médical, c'était elle la cause de tous mes maux.

J'ai choisi d'être dupe pour que Marie-Hélène le soit aussi. Dieu merci ! Elle ne se doute de rien. J'en ai la preuve chaque jour. Hier encore, comme elle a été facile à abuser ! La piqûre d'insecte pour masquer le purpura, quelle trouvaille ! C'est pour elle et pour elle seule que j'ai pris pour argent comptant les bonnes paroles des hommes en blanc. Elle ne demandait qu'à être rassurée. Elle l'a été pleinement.

Moi, j'ai renoncé à questionner ceux qui m'entouraient. Du médecin-chef à la plus humble des aides-soignantes, tous s'étaient donné le mot : anémie bénigne.

J'avais appris que le sang qui m'était fourni provenait d'un centre privé, jouxtant la clinique, et je savais aussi qu'étant d'un groupe très rare, j'avais épuisé, par les nombreuses transfusions qui m'avaient été faites, toutes les réserves du centre.

Deux jours après ma sortie de clinique, un après-midi, je me présentai comme donneur bénévole à cette banque du sang où, naturellement, personne ne m'avait jamais vu. Une grande jument d'infirmière me reçut. Lorsque j'annonçais mon groupe, un sourire la rendit presque jolie.

— Vous êtes le bienvenu, hennit-elle d'un ton chaleureux.. Les donneurs « O rhésus négatif » sont rares. Or, comble de guigne, nous avons dû fournir vingt flacons de ce groupe (1) pour sauver la vie d'un grand malade de la clinique.

Je me composai un visage de circonstance.

— Vingt transfusions ? Fichtre ! Son cas était donc si grave ?

— Leucémie, dit-elle laconiquement, avec l'expression de quelqu'un qui a perdu ses illusions depuis longtemps.

J'ai pu lui décliner une fausse identité, discuter avec elle de l'heure d'un rendez-vous auquel je savais ne jamais me rendre. Ma voix ne tremblait pas.

(1) Seuls, les individus du groupe O ne peuvent recevoir que du sang de leur propre groupe.

Le coup était rude, pourtant. Au cours de mon inaction, j'avais pensé à des tas de maladies, sauf à celle-là. Parce qu'à la clinique, on m'avait trouvé une rate trop grosse, j'en avais conclu que j'avais dû contracter le paludisme au cours de mes pérégrinations à travers les pays tropicaux.

D'un pas ferme, j'ai continué de courir au-devant de mon destin. Je suis allé dans une librairie spécialisée de la rive gauche et j'ai acheté un ouvrage traitant des cancers du sang. Je l'ai lu, assis sur un banc du jardin du Luxembourg. Le soleil brillait. Les oiseaux pépiaient. Les étudiants se promenaient par couples. Des enfants tournaient autour de moi et me lançaient leur ballon dans les jambes. La vie me cernait, éclatait en fanfares joyeuses, pendant que moi, ligne après ligne, j'essayais d'apprendre à y renoncer.

Avant même d'en avoir terminé la lecture, j'ai jeté le livre dans une des corbeilles à papiers du jardin. J'avais l'impression que ce qu'il disait ne me concernait pas. Cette aventure prenait dans mon esprit les contours flous d'un mauvais rêve. Le sang des vingt donneurs inconnus m'avait insufflé une énergie suffisante pour que je me croie de nouveau invulnérable à toutes les misères décrites, avec force détails, dans ce bouquin maudit.

Et puis, insidieusement, jour après jour, la fièvre est redevenue ma compagne. La douleur a fait son apparition. Elle se promène au gré de son caprice, mordant ma chair, vrillant mes articulations, serrant mes tempes de ses doigts de feu. Je

sais ce qui m'attend. Je guette les étapes de la
lente destruction d'un corps dont j'étais fier. Il y a
des jours où j'ai besoin de toute ma volonté pour
accomplir les gestes faciles de la vie quotidienne.
M'habiller m'épuise.

Je pense à ma femme. Heureusement son
avenir matériel ne me cause aucun souci. Mon
assurance-vie ainsi que le capital hérité de mon
père lui permettront, si elle le désire, d'acquérir
un commerce de luxe. Je l'imagine très bien
vendant des flacons de parfum ou des lingeries
vaporeuses. Depuis que je connais la vérité, je n'ai
considéré mon mal qu'en fonction de cette fragile
créature que j'aime et veux protéger. C'est une
enfant émotive, sans défense, incapable, je le
crains, de surmonter un coup dur. Je me suis
imposé deux principes. D'abord, ne jamais lui
laisser soupçonner la vérité. Ensuite, la détacher
lentement mais sûrement de moi. Il faut qu'elle
apprenne à me détester, voire à me haïr. Si je lui
laisse de moi une image déformée, elle souffrira
moins de notre séparation.

J'ai pu suivre sans effort la première de ces
règles. La seconde n'est qu'une vaine spéculation
que seul un bourreau pourrait appliquer. Parfois
une ardeur à tout détruire me brûle jusqu'au
cœur. J'essaie alors de me montrer sous mon jour
le plus détestable... et je suis désarmé par une
larme ou par un sourire.

Tout à l'heure pourtant, ma colère a sonné
juste. Je croyais la connaître, ma transparente
épouse, pure comme le cristal, si loyale qu'à mes

yeux elle éclipsait par ses vertus toutes les autres femmes. Eh bien, je me trompais.

Marie-Hélène est peut-être en cristal, mais elle ment. Oui, elle ment aussi bien que ses congénères, avec un art consommé, soit en inventant au gré de son imagination, soit en se contentant de rétrécir les limites de la vérité.

Ce matin, ne m'a-t-elle pas affirmé, de sa voix la plus convaincante, qu'elle avait poussé jusqu'à Vitznau pour m'acheter mes cigarettes ? Or, cinq minutes plus tôt, du jardin, je l'avais aperçue, frêle silhouette en robe bleue, qui dévalait, à l'opposé du bourg, le sentier du téléphérique.

C'est une enfant avide de liberté. Peut-être a-t-elle tout simplement éprouvé l'envie de monter avec la benne respirer l'air des hauteurs ? Mais, bon sang ! pourquoi me le dissimuler et inventer une histoire de boutiques fermées, alors que ses cigarettes arrivaient en droite ligne de l'hôtel voisin ?

Ce mensonge m'oblige à réviser mon jugement sur d'autres faits. A-t-elle dit la vérité, hier soir ? Son histoire d'accident a peut-être été inventée de toutes pièces pour justifier son retard et son oubli ? Certes, elle a un bleu sur la pommette et une bosse sur la tête. Mais elle a pu heurter un obstacle dans l'obscurité. Comment le savoir ? Effectuer des recherches en questionnant les soi-disant témoins ? Je préfère lui laisser le bénéfice du doute et, si elle a menti, ne pas la confondre.

Un instant, l'idée m'a effleuré que, ce matin, elle était allée questionner le docteur Fröhlich à mon sujet. Mais non. Dieu merci! Ma femme n'est pas d'une nature à se tourmenter. C'est une délicieuse créature qui ne regarde pas plus loin que le bout de son adorable petit nez. Lorsque le vieux toubib est arrivé, c'était flagrant qu'elle ne l'avait pas vu depuis la veille.

Le docteur Fröhlich, lui, en revanche, a tout deviné. Ses judicieuses questions me l'ont prouvé. J'ai même eu l'impression qu'il essayait de me transmettre une sorte de message. Seulement, comme Marie-Hélène était avec nous, je n'ai pu me montrer réceptif. Il a dû me prendre pour un fameux imbécile.

J'ai cru comprendre qu'il ne se serait pas contenté, comme ils l'ont fait à la clinique, de me prélever, tous les deux jours, quelques gouttes de sang au bout du doigt. Dans chaque Suisse, il y a un horloger qui sommeille. Pour établir son diagnostic, il aurait démonté, pièce par pièce, tous les rouages de ma mécanique, analysé, prélevé, sondé, ponctionné, jusqu'à ce qu'il découvre le ressort défectueux.

— Mon fils est médecin-chef, à Bâle, d'un centre médico-chirurgical qui a la réputation d'être l'un des mieux équipés de Suisse. Allez le trouver de ma part, m'a-t-il conseillé d'un ton pressant. Il établira un bilan précis de votre état général qui permettra de déterminer la nature du traitement.

Je n'ai pas voulu le décevoir.

— C'est entendu, docteur. J'irai à Bâle. Mais auparavant, je file en Bretagne... Oui, ai-je ajouté

pour taquiner Marie-Hélène, une lubie de ma
femme. Brusquement, elle a éprouvé la nostalgie
des îles, des plages et des rochers de l'Armor, avec
une acuité telle qu'elle a commencé nos valises,
afin que nous puissions partir dans la journée.

Nous étions assis tous les trois dans le salon.
Marie-Hélène au creux d'une profonde bergère
qui l'engloutissait. Assise, elle ? Non, plutôt vis-
sée, enracinée là, bien décidée à assister à notre
entrevue du commencement jusqu'à la fin.

Je l'observai avec attention. Elle n'allait sûrement pas laisser passer ma boutade sans réagir. La
Bretagne reste pour nous un sujet perpétuel de
discussions. Elle n'aime pas tellement à y séjour-
ner. C'est vrai qu'elle n'a pas, comme moi, que de
bons souvenirs de ses vacances. Au temps où elle
n'était encore que la petite-nièce de Maria, lorsque je n'étais pas là pour la protéger, elle a dû
subir plus d'une humiliation.

Ce matin, sa proposition de retourner là-bas ne
m'a surpris qu'à moitié. Elle avait senti, sans en
deviner les raisons, que je brûlais d'embrasser
Grannie. Son sacrifice, car c'en est un, je la
connais, m'a été droit au cœur. Et cependant, sur
le moment, j'ai répondu en exhalant un peu de
cette colère qui me dévorait depuis que je l'avais
surprise à mentir.

« Injuste, méchant, égoïste, voilà l'image que je
dois lui laisser de moi », ai-je pensé.

Et, une fois de plus, j'ai capitulé devant la
tristesse de son regard noisette.

Ce même regard, dans le salon, se posait sur

moi avec une indulgence amusée. Ma rosserie
n'avait pas paru la surprendre. L'avait-elle entendue ? J'allais la rééditer avec une variante, lorsque
le docteur, qui paraissait déçu que je ne me
précipite pas dès ce soir sous le microscope de son
fils, objecta :

— Des vacances en Bretagne, au mois de
septembre ? Ce n'est pas raisonnable. Le climat...

Marie-Hélène, qui jusque-là n'avait pas ouvert
la bouche, prit soudain la parole d'une voix nette,
interrompant son interlocuteur.

— Oh ! Il fait très doux à cette saison, en
Bretagne. En outre, nous n'y allons pas pour nous
y baigner, rassurez-vous, docteur. Ce voyage est
en quelque sorte un pèlerinage et, pour mon mari,
un retour aux sources. Il est né près de Tréguier.
Sa grand-mère demeure là-bas toute l'année et
nous l'aimons beaucoup...

Les femmes sont inconscientes. En quoi nos
sentiments pour Grannie pouvaient-ils intéresser
cet étranger ? Agacé, je pianotai de deux doigts
sur l'accoudoir de mon fauteuil et fusillai Marie-
Hélène du regard pour l'obliger à se taire.

Elle m'ignorait.

— ... Nous retrouverons également là-bas ma
belle-sœur, ajouta-t-elle d'un ton irritant de mon-
danité.

Le docteur se levait pour prendre congé. Il
s'inclina devant ma femme.

— Dans ce cas, s'excusa-t-il, j'aurais mauvaise
grâce à critiquer votre décision.

Il se tourna ensuite vers moi. Il y avait comme une prière au fond de son regard bleu.

— Tout de même, cher monsieur, pensez à ma suggestion. Si par malheur le climat excitant de la Bretagne augmentait votre fébrilité, n'hésitez pas. Prenez l'avion pour Bâle et allez à la clinique « Die Tulpenbäume ». Mon fils, qui sera aussi honoré que moi de vous connaître, vous accueillera et vous admettra aussitôt dans son centre de diagnostic...

J'ai promis tout ce qu'il voulait. J'avais le souffle aussi court qu'un boxeur qui a mal encaissé le dernier uppercut. Marie-Hélène me sidérait. Du coin de l'œil, je l'examinai, m'attendant presque à voir planer l'auréole des martyrs au-dessus de sa tête.

Ce n'est pas possible qu'elle veuille aller à Kervrahen en sachant que Lucile y séjourne. Elles sont à peu près aussi amies que le feu et l'eau.

Lucile a beaucoup de qualités : agréable à regarder, intelligente (en dépit de ses nébuleuses élucubrations sur la génétique), dévouée comme une panthère à ceux qu'elle aime. Mais sa fréquentation abusive du monde animal lui a donné la mentalité des reines-abeilles qui haïssent d'instinct les autres femelles. Elle ne pardonne pas à Marie-Hélène d'être ma femme, l'accable de son dédain et, avec une diabolique adresse, s'efforce de susciter sa jalousie.

Jusqu'à présent, ma délicieuse épouse n'avait pas tellement apprécié l'attitude de sa belle-sœur. Je devinais l'hostilité sous le sourire. Alors, pourquoi, maintenant, éprouve-t-elle le besoin d'aller s'offrir en holocauste ?

Si j'avais su que Lucile passait une partie de l'été à Kervrahen, je n'aurais jamais manifesté le désir d'aller là-bas. D'abord pour Marie-Hélène. Ensuite, parce que je n'apprécie pas du tout la manie qu'ont les médecins de vouloir, coûte que coûte, vous faire avaler leurs drogues. Celles de Lucile ne valent pas mieux que les autres. Puisque la leucémie est un mal incurable, qu'on me laisse en paix !

Curieux que Grannie ne m'ait pas parlé de Lucile quand je lui ai téléphoné, sans en avertir Marie-Hélène, que nous avions choisi Vitznau comme lieu de vacances !

En tout cas, Marie-Hélène semble sûre de ce qu'elle avance. Ce qui me stupéfie, c'est son revirement. Je ne crois pas à la générosité des femmes à l'égard de leurs ennemies. Elle a quelque chose derrière la tête. Mais quoi ? J'avais la question sur les lèvres. Elle l'attendait, c'était évident. Mais puisqu'elle sait si bien mentir, elle avait dû préparer sa réponse. Alors, à quoi bon n'obtenir qu'un pâle reflet de la vérité ?

J'ai gardé le silence et le doute m'empoisonne. Un sacrifice comme celui qu'elle s'impose ne me paraît pas catholique.

Marie-Hélène a beaucoup changé depuis quelque temps. On croirait...

Mais, nom d'une pipe ! c'est vrai, on dirait que ses sentiments pour moi n'atteignent plus à la

ferveur de jadis. Mon métier m'a obligé à la laisser
si souvent seule que, peut-être, un autre amour...

Non, je suis fou de la salir d'un soupçon aussi
odieux...

Et pourtant, ma douce enfant, pour qu'il t'ait
poussé aussi subitement une paire d'ailes, est-ce
que par hasard tu n'aurais pas mauvaise
conscience.

CHAPITRE VII

Laurent referma son carnet de notes et revint vers la maison.

Au moment de charger la voiture, alors que, sous l'œil désolé de frau Müller, Marie-Hélène fermait les valises, il décréta soudain qu'à une époque où les Caravelles relient en trois heures la Bretagne à la Suisse, il fallait être complètement idiot pour rouler pendant deux jours sur des routes encombrées par des milliers d'automobilistes rentrant de vacances.

— Nous sommes bien obligés de faire comme eux, objecta Marie-Hélène, puisque nous avons la voiture.

— Qu'elle reste dans un garage suisse. Je la ferai ramener à Paris par quelqu'un du journal. A Lorient, Air France nous en retiendra une en location, et il ne nous restera que la péninsule à traverser pour atteindre Tréguier.

Le regard rêveur, il se mit à calculer ses horaires. Pendant si longtemps, il avait réglé sa vie sur ceux d'Air France qu'il les connaissait avec la précision d'un banlieusard pour ses trains quotidiens.

Ce qui émerveillait sa femme, c'était l'aisance avec laquelle il se jouait des difficultés. Grâce à ses multiples amis et relations disséminés à travers le monde, Laurent était capable, en quelques coups de fil et à n'importe quel moment, d'organiser un voyage impromptu dans les meilleures conditions de confort.

Cette fois, tout s'arrangea grâce à un seul appel téléphonique.

Dix minutes après avoir pris sa décision, Laurent put annoncer à sa femme que, grâce à la complaisance d'un de ses bons amis, directeur d'une agence de voyages à Zurich, leur réservation serait faite dans l'avion partant de cette ville à vingt heures, leur chambre louée pour le soir même au « Hilton » d'Orly, et leur voyage du lendemain pour la Bretagne, minutieusement préparé.

— Nous arriverons sans fatigue au manoir à l'heure du déjeuner, et tu auras réalisé ton vieux rêve de voyager en Caravelle. Tous les avantages, en somme. N'est-ce pas l'idéal ?

Un peu étourdie mais joyeuse, Marie-Hélène approuva. Elle était encore assez proche de l'enfance pour s'émerveiller d'une surprise comme celle-là. En outre, elle se réjouissait de redécouvrir chez son mari la flamme d'impatience qui l'illuminait à chacun de ses voyages aériens.

Combien de fois n'avait-elle pas souhaité participer, elle aussi, à l'affolement des départs, monter dans l'avion avec Laurent, ressentir à son côté la petite crispation d'angoisse au moment du décollage ! Elle repoussa l'idée que sa décision n'était née que de sa fatigue. Le tourbillon où il l'entraînait la grisait comme un vin doux.

Les cheveux en bataille, l'œil brillant, Laurent fourrageait dans les bagages pour les alléger.

— Des chaussures de montagne, des bouquins... A dégager. Frau Müller nous renverra à Paris ce surplus de poids... Et ça qui pèse une tonne, qu'est-ce que c'est ? Des cailloux du lac ?

Il tendait à sa femme une grosse boîte enrubannée.

— Des chocolats suisses pour Grannie.

— Tu achèteras les mêmes à Tréguier. Allez, hop !

— *Was noch !* protestait sévèrement frau Müller, derrière son dos. De si bons chocolats ! Madame ne trouvera jamais les mêmes en France.

Et après un clin d'œil de connivence à Marie-Hélène, elle remettait dans la seconde valise ce que Laurent sortait de la première.

C'était aussi enivrant qu'un départ pour une croisière autour du monde.

Dans son euphorie, Marie-Hélène se disait que Zurich n'avait sûrement pas été choisi par hasard. Ils auraient aussi bien pu s'envoler de Bâle ou de Genève. Si Laurent avait jeté son dévolu sur cette ville, n'était-ce pas parce qu'il songeait toujours à retrouver l'automobiliste du garage Rottal ?

A Zurich, elle déchanta. Laurent confia son cabriolet au concessionnaire de la marque de la voiture. Un employé de cet établissement les amena ensuite à l'agence d'Air France.

Il ne fut pas plus question entre eux du garage Rottal que si celui-ci n'avait pas existé.

Bien que la promesse faite par Laurent de châtier l'auteur de l'accident eût agréablement flatté son amour-propre, Marie-Hélène avait l'intention de s'opposer à ce que son mari mît ce projet à exécution. Mais qu'il y renonçât de lui-même la frustrait d'une part de romanesque.

« Puisqu'il s'en désintéresse, se dit-elle dans un esprit bien féminin de contradiction, eh bien ! c'est moi qui la mènerai, cette enquête. Rien que pour le principe ! »

Pendant que Laurent s'occupait des formalités de voyage, Marie-Hélène manifesta le désir de faire un peu de shopping dans les artères animées de la ville.

Laurent lui rappela que le car pour l'aéroport partait trois quarts d'heure plus tard.

— Je serai de retour, promit-elle.

Le taxi qui l'emmena accepta de l'attendre. Le garage Rottal était un grand bâtiment moderne, en verre et béton, face au lac, avec quatre étages de voitures alignées comme des jouets.

Un géant roux, en blouse blanche immaculée, la reçut dans un bureau dont les portes en glace translucide s'ouvrirent électroniquement devant elle. Des palmiers en pots dissimulaient les classeurs.

Elle eut soudain l'impression de revivre la scène de la clinique. Même décor : plantes vertes, murs ripolinés, meubles métalliques. Même acteur : un homme feuilletant des dossiers. La panique l'étreignit. Quelque chose de terrible allait arriver... Et comme toujours, lorsque Laurent était loin d'elle, ce fut à lui qu'elle pensa immédiatement. Quelle imprudence de l'avoir laissé seul, même pour une demi-heure ! Un incoercible désir de fuir s'empara d'elle. Mais, prise à son propre piège, elle était maintenant contrainte d'écouter jusqu'au bout cet homme courtois qui, pour lui être agréable, vérifiait par interphone les renseignements qu'il avait relevés sur ses fiches.

— Trois Opel blanches de notre parc automobile ont leur numéro minéralogique terminé par un zéro, expliquait-il dans un français guttural. Une seule des trois est sortie dernièrement. Elle a été louée hier après-midi et ramenée ce matin. Malheureusement, l'employé qui s'est occupé de cette location est en congé cet après-midi. Vous m'avez dit que vous aviez cru apercevoir une de vos amies au volant et que vous désiriez savoir si cette dame séjournait à Zurich, n'est-ce pas ?

Marie-Hélène acquiesça d'un signe de tête.

— De toute manière, nous ne pourrions vous renseigner avec précision sur ce dernier point, car nous ne notons que l'adresse du domicile habituel de nos clients. Je suis navré de vous décevoir, madame, mais vous avez dû faire erreur. La fiche de location de cette Opel porte le nom d'un homme : le docteur Brémont.

Elle conserva assez de maîtrise pour prendre congé et accomplir avec aisance les gestes qu'il

fallait. Et, bien que dans le taxi tout son corps se
mît à trembler, elle continuait de penser avec
clarté.

« Au fond, se disait-elle, je ne suis pas surprise.
Depuis la description du gamin de Vitznau, je
savais, sans vouloir me l'avouer, que c'était Lucile
qui conduisait. Elle a dérapé volontairement.
Pour me tuer. Pourtant, je ne l'ai pas trahie. Ni
Laurent ni Grannie ne soupçonnent la vérité à son
sujet. Alors, pourquoi sa haine ? »

Elle se sentait infiniment lasse. Jamais elle
n'avait aimé sa belle-sœur. Mais après la révélation du docteur Fröhlich, Marie-Hélène avait
révisé son jugement et éprouvé pour Lucile assez
de considération pour espérer d'elle l'impossible
miracle. A présent, la confiance l'avait abandon-
née aussi complètement que la marée quitte la
grève à son reflux.

« Même si Lucile possède réellement les qualités professionnelles que ses confrères lui recon-
naissent, sa félonie fait d'elle un être dont il vaut
mieux s'écarter. Dieu ! Que j'ai été mal inspirée
de vouloir remettre entre ses mains la santé de
Laurent ! », songeait-elle avec un frémissement
d'appréhension.

Le lendemain matin, à dix heures trente, un
Viscount les déposait à Lorient où une rapide
voiture sans chauffeur, mise à leur disposition par
Air France, les attendait.

— Ça va mieux, bijou ?

Elle sourit à Laurent, penché sur elle avec une tendre sollicitude, et fit oui de la tête.

La veille, dans la Caravelle qui les ramenait de Suisse, Marie-Hélène n'avait pas goûté à la joie tant attendue de son premier voyage aérien. Trop d'émotions l'avaient brisée avant son départ. Alors que l'avion prenait rapidement de l'altitude, à peine avait-elle jeté un coup d'œil par le hublot sur l'admirable cirque de montagnes, dont seules les crêtes restaient éclairées, qu'une brusque nausée lui avait mis le cœur sur les lèvres. Pendant une heure, elle avait lutté contre un mal qu'elle ne reconnaissait pas et que, ni la nautamine, ni les soins de l'hôtesse, n'avaient pu combattre.

La nuit passée dans le confort d'un palace, à Orly, l'avait rétablie et elle s'était bien promis de ne pas se donner en spectacle au cours de son second voyage.

Hélas ! Dès que le Viscount avait pointé son nez vers le ciel, ses belles résolutions s'étaient effritées. Laurent avait été pour elle un infirmier tendrement attentif, mais elle ne se pardonnait pas une faiblesse qu'elle avait toujours trouvée ridicule chez les autres.

Ils roulèrent un moment sans se parler. Cent cinquante kilomètres les séparaient de Tréguier, et Laurent, qui voulait arriver au manoir à l'heure du déjeuner, avait pris le volant. Mais la route, étroite et sinueuse, l'obligeait à la prudence.

Alors qu'ils traversaient la forêt de Quénécan, il

rattrapa un camion chargé de bois, impossible à dépasser, et qui roulait au pas.

Il préféra s'arrêter et rangea la voiture à l'orée d'un sentier qui s'enfonçait sous les ombrages. Au-dessus d'eux, des hêtres vigoureux entremêlaient leurs branches. Des épées de soleil traversaient le feuillage et frappaient de leur éclat un somptueux tapis de bruyère, d'un mauve encore incertain.

Laurent se tourna vers Marie-Hélène et l'entoura très doucement de ses bras. Toute la lumière du monde éclairait ses yeux.

— Ma chérie, dis-moi... Tes malaises... Ça ne t'était encore jamais arrivé. Est-ce que par hasard...

Elle comprit immédiatement sa pensée et répondit par la négative, mais avec une véhémence qui étonna son mari.

Il se détacha d'elle et son regard se perdit au loin dans la forêt.

Après quelques secondes d'un silence oppressant, elle demanda :

— Tu es déçu ?

Il la regarda, un sourire mélancolique aux lèvres.

— Peut-être. Je ne sais pas si c'est vraiment une déception. Mais je croyais que tu aurais été heureuse d'avoir un enfant.

Elle baissait la tête pour qu'il ne vît pas les larmes qui lui montaient aux yeux.

— Oui, bien sûr, dit-elle d'un ton volontairement détaché. Bien que, jusqu'à présent, je n'aie pas souffert d'en être privée. Mon bonheur, c'est d'être seule avec toi... Tu me trouves un peu égoïste, non ?

Il rit, mais en se forçant.

— Je crois surtout que tu n'as pas encore assez grandi, lança-t-il en lui donnant une affectueuse pichenette sur la joue. Enfin, puisque tu affirmes qu'il n'y a rien, n'en parlons plus.

Et, tout en sifflotant, il manœuvra pour remettre la voiture sur la route.

Déçu ? Oh ! Combien il l'était ! Pendant le voyage, son inquiétude avait rapidement laissé la place à l'espoir. Il ne se souvenait pas d'avoir jamais vu sa femme aussi malade. En général, les gens qui ne supportent pas l'avion éprouvent les mêmes malaises en bateau. Or, Marie-Hélène avait le pied et le cœur marins. Au temps de leurs vacances en Bretagne, il l'avait emmenée sur le cotre de son père, par des mers houleuses à décrocher les entrailles. Chaque fois, elle avait tenu le coup avec autant de crânerie qu'une vraie fille d'Armor. Pour qu'elle ne supportât pas une petite promenade dans les airs, il fallait qu'une raison impromptue eût détruit son bel équilibre. Il s'était rappelé que, depuis quelques semaines, elle était plus pâle, plus nerveuse aussi qu'à l'accoutumée.

La lumière s'était faite en lui. En même temps, il s'était senti comme libéré d'une angoisse. Fini, le rôle qu'il avait voulu s'imposer pour détruire l'amour dans le cœur de Marie-Hélène. Sans vraiment l'avoir désiré, il avait trouvé le moyen d'atténuer chez elle la souffrance de leur inéluctable séparation. Un enfant ! Voilà ce qu'il devait laisser à sa femme : une vie qui l'obligerait à penser aux lendemains. En outre, elle reporterait sur son fils — car, bien sûr, il ne pouvait engendrer qu'un fils — tout l'amour qu'elle avait voué à son mari. Une douce euphorie l'avait apaisé.

Hélas ! La réponse sans détour de Marie-Hélène lui avait ôté ses illusions. Et, par un curieux réflexe d'orgueil blessé, il en voulait presque à sa femme de l'avoir déçu.

Les pensées de Marie-Hélène avaient suivi un cours quelque peu différent.

Tout d'abord, la jeune femme avait attribué ses malaises dans la Caravelle au choc que la révélation du directeur de l'agence Rottal lui avait causé. Mais le lendemain, alors que les nausées avaient repris, accompagnées d'une pénible sensation d'étouffement, Marie-Hélène s'était imaginé, à son tour, que la nature lui avait enfin accordé ce qu'elle lui refusait depuis près de deux ans.

Au lieu de la joie que cet espoir eût dû faire jaillir en elle, une grande peur avait ajouté à son oppression. L'écho des paroles du médecin couvrait, dans sa tête, le sourd grondement des turboréacteurs.

« ... La prédisposition ou la résistance au cancer sont héréditaires... »

Si les spécialistes ne se trompaient pas, c'était un crime de mettre au monde un être particulièrement réceptif à un mal qui détruisait les Brémont, l'un après l'autre.

Dans un vertige de questions inutiles, elle réfléchissait, calculait, supputait.

Mais, après avoir pris contact avec le sol, lorsqu'elle se sentit miraculeusement délivrée de ses troubles, elle eut l'intime certitude que ceux-ci s'apparentaient tout bonnement au mal de l'air. Elle pouvait supporter sans faiblir une promenade sur une mer démontée, parce que le vent du large lui remplissait les poumons et lui fouettait le visage. Mais glisser dans les airs, à l'intérieur d'une cabine hermétiquement close, lui donnait une atroce impression de claustration qui perturbait son équilibre nerveux.

Dieu merci ! Elle s'était trompée. Mais c'était avec des yeux sans joie qu'elle regardait maintenant autour d'elle. Et quand Laurent l'avait interrogée, elle n'avait pu s'empêcher de mêler à sa réponse toute la révolte de son cœur déçu.

La route traversait une lande à peine ondulée, verdie de fougères et d'ajoncs, où affleurait le granit.

Laurent conduisait vite, sans se préoccuper de sa compagne.

Devant l'horizon vide, Marie-Hélène ne ressentait plus qu'une mortelle impression d'abandon.

Bien assise sur son coteau, la ville de Tréguier domine l'estuaire du Jaudy. A dix kilomètres de la

mer, elle est assez proche du large pour en
recevoir les bienfaisants effluves, et tout de même
assez éloignée pour que les bourrasques de noroît
aient perdu de leur violence avant de souffler dans
ses rues.

Ses maisons de granit se pressent autour de la
cathédrale comme des pénitents gris, agenouillés
autour d'un abbé. C'est là, sur cette place, qu'au
rythme de la vie moderne bat le cœur de la cité.

Mais les petites rues, bordées de demeures
anciennes, qui rayonnent du cloître, ont gardé le
charme silencieux des temps passés.

Pendant les trente premières années de ce
siècle, la plus étroite d'entre elles avait vu sa
tranquillité troublée par une incessante procession
d'éclopés et de malades, qui venaient chercher la
guérison de leurs maux à l'extrémité de la venelle,
dans une maison à colombages dont les deux
étages en encorbellement regardaient l'estuaire.

Là demeurait le plus célèbre guérisseur de la
région : Tanguy Le Guen, dit « le Johnnie ».

Il venait de Roscoff où les Le Guen étaient
producteurs d'oignons. Jusqu'en 1900, chaque
année, selon la coutume, il avait parcouru l'Angle-
terre pendant six mois pour vendre sa récolte. Les
Anglais — et les Bretons — appellent ces petits
marchands ambulants des « Onion Johnnies ».
Tanguy, qui tenait de son grand-père maternel un
don de guérisseur, avait pris plus tard la succes-
sion de son aïeul, à Tréguier, où son sobriquet
l'avait accompagné.

C'était un grand gaillard au visage ouvert et

rieur. Très vite, entre le malade et lui s'établissait une sorte d'échange d'ondes, de confiance, de communication. D'instinct, il repérait la source du mal. Puis, il remettait les os en place ou soignait par les plantes.

Sa femme, brune, ardente, avait la langue agile, le regard vif et un nez bourbonien dont elle était fière. Elle s'appelait Victoire : un nom qui sonne comme un coup de clairon.

En 1910, ils eurent un enfant, Anne, qui devint la plus jolie et la plus courtisée des filles de Tréguier.

Si la renommée du « Johnnie », qui s'étendait bien au-delà du canton, valait au guérisseur la considération du menu peuple, en revanche, elle lui avait attiré le mépris vindicatif des hommes imbus de leur science autant que de leurs droits, et l'hostilité de ceux qui sont chargés, par la société, de défendre les lois.

Le plus acharné était un certain Julien Brémont, magistrat, président de tribunal. Il demeurait au chef-lieu, mais son manoir familial, Kervrahen, dressait orgueilleusement un toit d'ardoises et deux tourelles à pans coupés, sur une colline, de l'autre côté de l'estuaire.

Grand bourgeois, veuf et très fortuné, ce Julien Brémont avait le teint jaune et l'œil méprisant.

Lorsque les médecins intentaient un nouveau procès au guérisseur, la moitié de la ville de Tréguier défilait dans le prétoire.

— Monsieur le président, clamait Tanguy de sa voix de stentor, au lieu de m'accuser de charlatanisme, vous seriez mieux inspiré en me demandant de vous soigner. Tenez, à vos prochaines vacances à Kervrahen, traversez donc le Jaudy et venez me voir. Je vous composerai une décoction qui vous purgera le sang de toute cette bile qui l'empoisonne.

Toute la ville riait, mais le « Johnnie » perdait son procès.

Et, l'été venu, Victoire, que tout le monde appelait « la femme au Johnnie », montrait le poing, de sa fenêtre, à ceux de Kervrahen.

Elle les haïssait, mais enviait leur belle demeure dont le haut toit dominait les frondaisons d'un parc. Sa propre maison, sans soleil, sans verdure, l'accablait de tristesse.

Monsieur le président méprisait trop le guérisseur pour lui rendre visite ; aussi ne fut-ce pas lui qui traversa l'estuaire, mais son fils unique, Georges, alors auditeur au Conseil d'État. Une nuit d'été, ce pâle jeune homme vint tout bonnement enlever Anne, dont il s'était follement épris.

Ce fut un beau scandale.

Le mariage d'Anne et de Georges calma les esprits, mais n'apaisa ni ne rapprocha les deux familles.

Seule, Victoire s'en félicita. Le soir, accoudée à sa fenêtre, elle passait des heures à contempler le manoir.

— C'était un joyau comme notre Anne qu'il fallait à cet écrin.

— La cage ne fait pas chanter l'oiseau, se

lamentait son mari. Anne sera malheureuse avec son grand dadais à face de carême.

Mais il ne sut jamais si sa fille avait trouvé le bonheur, car il mourut l'hiver suivant d'une congestion.

Le président ne se remit pas du dépit que lui avait causé le mariage de son fils. Il prit tout de même le temps de connaître ses deux petits-enfants : Paul d'abord, Laurent ensuite. Cinq ans plus tard, il décédait d'une jaunisse.

Georges et sa femme habitaient Paris, mais Anne faisait de fréquents séjours à Kervrahen où, depuis la mort de son beau-père et avec l'approbation réticente de son mari, elle avait installé Victoire. Elle fut tuée dans un accident de voiture. La même année, son mari s'éteignait, rongé jusqu'au squelette par un mal mystérieux.

Entourée de ses petits-enfants, Victoire, la bien-nommée, resta la seule maîtresse du manoir.

CHAPITRE VIII

Lorsque la voiture franchit les grilles de Kervrahen, Marie-Hélène, qui connaissait toute l'histoire de la famille par Laurent et par sa grand-
tante Maria, rendit une fois de plus un silencieux
hommage à l'habileté et à la compétence de
Grannie.

Les pelouses étaient aussi veloutées qu'un
gazon anglais. De rutilantes plates-bandes de
bégonias ourlaient l'allée circulaire, fraîchement
ratissée, qui amenait les visiteurs jusqu'au perron.
Et les hortensias bleus et roses, qui buissonnaient
à l'orée du parc et au pied des murailles, offraient
leurs bouquets sans que les ternît une seule fleur
fanée. L'œil de la maîtresse de maison veillait au
plus menu détail.

Victoire était entrée au manoir comme une
souveraine, abandonnant, sur l'autre rive du
Jaudy, les manières rustiques et les attitudes
familières qui convenaient à « la femme au Johnnie ». Elle était dorénavant Madame Le Guen.
Consciente des nécessités de son nouveau rang,

elle commença par trier soigneusement ses amis. Ensuite, utilisant une partie de la confortable fortune amassée par le guérisseur, elle fit tomber sur les déshérités une pluie de bienfaits qui lui valut la vénération des petites gens.

A la mort de son gendre, s'arrogeant sur Kervrahen des droits que nul ne songea à lui contester, elle renvoya tous ceux qui avaient servi les Brémont, à l'exception de Jeanne, une servante qui lui était dévouée. Elle forma à ses exigences un valet, un jardinier et une autre servante. Puis elle prit comme dame de compagnie une vieille demoiselle qui, avant d'entrer chez elle, vivait chichement d'une maigre retraite d'institutrice libre. Maria fut pour Victoire une véritable amie. Quand elle mourut, la vieille dame ne la remplaça pas.

D'inspiration Renaissance, avec ses hautes cheminées ouvragées et une tourelle hexagonale à deux de ses angles, le manoir, avant d'échouer aux Brémont, avait appartenu à une noble famille bretonne, aujourd'hui disparue. Du temps du président, il rebutait par son austérité. Victoire le restaura intelligemment et en modernisa l'intérieur. En été, des géraniums à toutes les fenêtres achevaient d'en faire une demeure accueillante et gaie.

La voiture s'arrêta devant le perron qui, par trois marches, menait à un porche gothique, encadré de colonnettes. Sous l'arc infléchi du fronton, saillait un écu de pierre, portant au centre un animal usé par le temps, impossible à identifier, et qui avait toujours excité l'imagination de Victoire autant que celle de ses petits-enfants.

Laurent n'eut pas besoin de klaxonner. Par l'une des fenêtres du salon, Grannie avait aperçu l'automobile, mais sans en reconnaître le conducteur. Aussitôt, elle avait dépêché aux nouvelles Jeanne, la plus âgée des servantes.

Jeanne, qui portait sa haute coiffe comme un hennin, était entrée au service des Brémont lorsque Laurent avait quatre ans. Pour elle, il restait « le petit ». Quand elle l'aperçut, elle leva les bras au ciel et effectua, vers le hall, une volte-face d'une agilité qu'on n'eût point attendue de son corps massif.

— Le petit ! C'est le petit qui nous arrive, Madame !

Elle avait laissé béante la porte d'entrée. Deux chiens griffons, obèses et rhumatisants, déboulèrent sur les pieds des visiteurs avec des jappements d'extase. Laurent les avait achetés douze ans auparavant, alors qu'il passait la plus grande partie de l'année à Kervrahen. A présent, Mic et Mac ne vivaient plus que dans l'attente du retour de leur maître. Marie-Hélène et Laurent les caressèrent et pénétrèrent en riant dans l'immense vestibule.

Tous deux avaient oublié leur angoisse. Une paix amicale et accueillante les enveloppait. A Kervrahen, ils ne retrouvaient pas seulement leur âme d'enfant, éprise de merveilleux, mais aussi une impression rassurante de stabilité, une force

qui semblait émaner des murs de la vieille
demeure et à laquelle ils pouvaient se raccrocher,
quelle que fût leur détresse.

Rien n'avait changé. Le hall dallé, incroyable-
ment sonore, n'était toujours meublé que de deux
magnifiques coffres en chêne dont les sculptures
luisaient doucement sous la lumière multicolore
provenant des vitraux de l'escalier. Au-dessus des
coffres : les portraits et les photographies de
famille. Victoire s'était efforcée à l'équité. A
droite, les Brémont ; à gauche, les Le Guen.

Un très bel escalier de granit, à double révolution, orné d'une rampe en fer forgé, conduisait
aux étages supérieurs.

Deux larges portes donnaient accès aux pièces
de réception. Celle de droite était ouverte sur un
salon Directoire, au fond duquel s'apercevait une
salle à manger de même style où, sur une table
nappée de dentelle, le couvert était disposé pour
deux personnes.

De toute évidence, la maîtresse de céans s'ap-
prêtait à déjeuner. Elle se leva et s'avança rapidement vers ses petits-enfants.

A quatre-vingt-sept ans, Victoire avait conservé
un port altier et une démarche sans raideur. Mais
il ne restait rien de sa beauté d'antan. Son visage
trop poudré évoquait une faïence craquelée où
saillait la forte arête du nez. Des sourcils brous-
sailleux, très arqués et inégaux, abritaient des
yeux noirs, encore vifs, et profondément enfoncés
dans leurs orbites. La fossette qui creusait autrefois son menton s'était muée avec l'âge en un

profond sillon d'où s'échappaient quelques poils follets.

Pourtant, en dépit de ces ravages, elle gardait encore grand air. La blancheur immaculée de ses cheveux qu'elle coiffait en bandeaux, la beauté de ses mains aux ongles soignés, l'élégance de sa robe de dentelle noire, tous ces raffinements étaient en harmonie avec le luxe qui l'entourait.

— Quelle bonne surprise ! s'exclama-t-elle de sa voix grave, en embrassant Laurent d'abord, Marie-Hélène ensuite.

Puis, les tenant chacun par un coude, elle examina leurs visages avec attention.

— Tss ! Tss ! fit-elle en fronçant les sourcils. Vous en avez une mine, tous les deux ! De vrais navets. Ça ne vous a pas réussi, la montagne. Marie-Hélène n'est que pâlote, mais toi, mon grand, tu as sûrement maigri. Quelle idée aussi de préférer les bords du lac de Lucerne à notre vivifiante Bretagne !

— Tiens, tiens, murmura entre ses dents Marie-Hélène à l'intention de son mari. Tu sais les garder, toi, les secrets.

Il lui imposa silence par un regard qui signifiait clairement de ne pas trop compter sur la surdité de la vieille dame.

Tout à la contemplation de son plus cher trésor, Victoire n'avait rien remarqué.

Jeanne s'activait autour de la table.

— J'ajoute deux couverts pour Marie-Hélène et le petit.

— Pour Madame et Monsieur Laurent, rectifia

Victoire qui ne tolérait aucune familiarité de la part de son personnel.

Marie-Hélène laissa Laurent seul avec sa grand-mère et traversa le salon pour aller chercher les chocolats de Grannie, enfermés dans la valise.

En sortant dans le hall, elle aperçut Lucile, en bottes et culottes de cheval, qui montait quatre à quatre l'escalier. Elle la héla.

— Lucile !

Sa belle-sœur se retourna et se figea aussitôt. La lumière irisée des vitraux frappait en plein son visage. Dans les grands yeux de velours passèrent les lueurs troubles de la peur.

— Vous !

Marie-Hélène referma derrière elle la porte du salon. Un sourire moqueur aux lèvres, très maîtresse de la situation, elle répliqua :

— C'est bien moi, ma chère. Et ne vous en déplaise, avec tous mes membres.

Ses cheveux épars sur ses épaules, toute menue dans une robe-chemisier en toile verte, elle s'avança jusqu'au pied de l'escalier et s'offrit le luxe de narguer son adversaire sous le nez.

— Je suis de la race des chats, dit-elle. Vous auriez dû le savoir. Pour me faire mourir, il faut me tuer plusieurs fois.

Lucile s'était ressaisie.

— C'est un séduisant programme, ironisa-t-elle. Merci de votre conseil.

Puis, aussitôt, avec une inquiétude qui n'était pas feinte :

— Qu'avez-vous raconté à Laurent ? Comment avez-vous expliqué...

— ...l'accident ? continua Marie-Hélène. Oh ! soyez rassurée. Je suis moins cruelle que vous. Il ignore l'identité du chauffard qui était au volant.

— Du chauffard ? releva Lucile avec un haussement d'épaules. Oh ! Et puis, vous avez raison. Je me suis conduite comme une imbécile. J'étais si inquiète au sujet de Laurent qu'à l'instant où j'ai su votre adresse par Grannie, je suis partie pour avoir des nouvelles. Alors que je cherchais votre villa, je vous ai vus tous deux qui rentriez d'une promenade. Laurent semblait à bout de forces. A ce moment-là, j'ai réalisé que votre inconscience le tuait. Encore une ou deux crises comme celle qui le terrassait, et je ne pourrais plus rien pour lui. J'ai donc décidé de m'installer près de vous, que ça vous plaise ou non, et suis allée rechercher ma valise que j'avais déposée dans un hôtel, à l'entrée de Vitznau. Je revenais vers Alpensee, lorsque je vous ai vue dans mes phares. Ma colère contre vous atteignait son paroxysme et je vous jure que je n'ai pas été maîtresse de mon impulsion.

— Charmante créature ! railla Marie-Hélène. Et courageuse avec ça ! Après ce coup de folie, vous vous êtes empressée de prendre la fuite.

— Détrompez-vous. Je suis repassée, un quart d'heure plus tard, devant les pompes et je vous ai aperçue, très entourée, apparemment sauve.

— Pourquoi, à ce moment-là, n'êtes-vous pas venue voir Laurent ? Il était toujours aussi malade et vos sentiments pour lui n'avaient pas changé, que je sache ?... Seulement, vous aviez peur, n'est-ce pas ? peur que je vous accuse et qu'il vous chasse.

— Croyez ce que vous voulez, rétorqua Lucile, glaciale.

— En tout cas, je vous conseille de ne pas recommencer vos bêtises. Si j'étais victime d'un accident, ici, à Kervrahen, Laurent saurait aussitôt à quoi s'en tenir. J'ai écrit une lettre où je raconte votre tentative de meurtre, lettre qui lui sera remise s'il m'arrive malheur.

C'était faux, mais elle s'imaginait que la menace obligerait Lucile à se tenir tranquille.

— Espérons que vous avez su choisir votre émissaire, persifla la doctoresse. Enfin, le principal, c'est que vous vous soyez décidée à quitter la Suisse et à me ramener Laurent. J'espère que ce long voyage ne l'a pas trop fatigué.

Il perçait dans ses paroles un sentiment si possessif que Marie-Hélène faillit perdre patience et lui rappeler sèchement que son rôle devrait maintenant se limiter à celui d'un médecin à l'égard de son malade. Elle se domina à temps. A quoi bon recommencer la querelle qui les avait opposées, deux mois auparavant, dans la vallée de Chevreuse ? Ce qui importait, c'était que Lucile acceptât de soigner Laurent. Pour le reste, eh bien ! elle veillerait au grain...

La porte du salon s'ouvrit, livrant passage à Grannie et à Laurent. Apercevant les deux femmes, celui-ci s'avança vivement pour saluer sa belle-sœur, pendant que Grannie s'exclamait à l'intention de Lucile :

— Croyez-vous que c'est drôle ! Ils ont pris, comme vous hier soir, l'avion de Lorient. A quelques heures près, vous voyagiez ensemble.

— Vous n'êtes là que depuis hier ? demanda Laurent à Lucile.

— Elle est arrivée au début de la semaine, expliquait Grannie, mais elle a dû partir précipitamment pour Paris. Nous vivons au siècle de la vitesse, ajouta la vieille dame avec un petit gloussement d'admiration. En quelques heures, de nos jours, on peut aller dans la capitale et en revenir, après avoir vaqué à ses affaires.

— En moins de temps que cela, on peut même aller beaucoup plus loin que Paris, suggéra Marie-Hélène, d'un air suave.

Lucile se raidit, sur la défensive.

— Que voulez-vous insinuer ? demanda-t-elle, nerveusement.

Laurent qui l'observait vit ses narines frémir comme celles d'une panthère flairant le vent. Il soupira et se dit avec déplaisir qu'il n'avait pas fini de jouer les pacificateurs.

En toute innocence, il précisa d'un ton apaisant :

— Ne montez pas sur vos grands chevaux, ma chère Lucile. Ma femme a tout bonnement voulu expliquer qu'en trois heures on pouvait même aller en Suisse, jusqu'à Zurich, par exemple.

Marie-Hélène, aux anges, vit les traits de son ennemie se défaire.

— Bien sûr, puisque nous arrivons en droite ligne de cette ville, précisa-t-elle, mais après un silence qui la paya d'une foule d'humiliations.

Victoire s'était désintéressée d'une conversation dont elle ne percevait pas distinctement tous les mots. Elle alla jusqu'à la porte de l'office, située derrière l'escalier, et ordonna d'une voix forte qu'on commençât le service.

Laurent ne comprenait rien à l'attitude des deux belles-sœurs. Il trouvait Marie-Hélène inutilement ironique et Lucile par trop agressive.

« Ça promet de belles heures ! », songeait-il.

Pour rompre les chiens, il dit :

— A propos de chevaux, Lucile, je vois à votre tenue de cavalière que vous avez monté ce matin. Comment va Sarida, ma bonne vieille jument ? Toujours aussi fringante ?

Les traits de Lucile retrouvèrent leur harmonieuse beauté. Ses yeux très noirs se posèrent sur Laurent avec insistance.

— Elle reste étonnante de jeunesse, dit-elle. Quand on l'a bien en main et qu'elle est suffisamment échauffée, elle file comme une gazelle.

— Ne me la forcez pas, surtout.

— Venez la voir, Laurent, dit vivement Lucile. Je n'ai pas eu le temps de la ramener jusqu'à la ferme et l'ai laissée devant les anciennes écuries où Pierre, le jardinier de Grannie, est en train de la bouchonner.

Elle l'avait pris par la main et l'entraînait à travers le hall. La voix de Victoire les arrêta.

— Déjeunons d'abord, mes enfants. Sarida

peut attendre. Et toi, Laurent, tu as tout l'après-midi pour l'admirer et même la monter si le cœur t'en dit.

Lucile s'excusa et les pria de commencer sans elle. Décemment, elle ne pouvait se présenter à table en tenue de cheval.

Elle les rejoignit au moment où Jeanne, en tablier blanc sur sa robe noire, apportait avec dignité un plateau d'huîtres qu'elle posa au centre de la table.

Sur leur lit d'algues, les coquillages offraient leurs lamelles charnues d'un vert mouillé d'océan. Rien qu'à les regarder, l'eau venait sous la langue. Marie-Hélène, qui savourait d'avance leur fraîcheur iodée, poussa le plat vers Grannie. Laissant la vieille dame se servir, elle observa Lucile qui s'approchait de la table où son couvert avait été disposé à côté de celui de Laurent.

La veuve de Paul avait revêtu une robe blanche en fin jersey de soie, sans manches, dont les lignes souples sculptaient son corps. Ses formes épanouies étaient suggestives. A chacun de ses mouvements, un pli fluide coulait, soulignant la courbe d'un sein ferme ou le doux relief des hanches. Ses épais cheveux noirs étaient relevés en un chignon qui dégageait son cou flexible.

Debout à côté de sa chaise, Laurent attendait qu'elle s'installât pour s'asseoir à son tour.

En passant près de lui, Lucile le frôla plus qu'il n'était nécessaire. Elle chercha et retint un moment son regard. Il lui sourit. Et parce qu'elle crut voir dans ce sourire l'ébauche d'une promesse, le feu qui la dévorait affleura à ses prunelles en une lueur ardente, vite éteinte par un battement de cils.

Marie-Hélène n'avait rien perdu de la scène. Plus que jamais, Lucile lui apparaissait comme l'incarnation du mal. Elle regarda Laurent, souhaitant qu'à ce moment il levât les yeux vers elle et la réconfortât par un de ces muets messages de tendresse dont il avait le secret.

Mais sa voisine l'accaparait, lui réclamant le plat, exigeant avec des mines de chatte qu'il la servît lui-même.

Marie-Hélène baissa la tête. Ses huîtres s'alignaient en demi-cercle dans son assiette. Elles étaient délicieuses. Pourtant, la jeune femme leur trouva un goût d'amertume.

Le déjeuner terminé, tout le monde passa dans le salon contigu où, comme d'habitude, le café était préparé.

Parce que Grannie trouvait inconfortables les sièges Directoire, elle avait fait venir de sa précédente demeure les deux bergères dans lesquelles Tanguy et elle avaient eu l'habitude de passer les veillées. Afin qu'elles ne nuisent pas à l'harmonie de l'ensemble, elle les avait recouvertes du même broché de soie jaune que les autres fauteuils. Elle en choisit une et offrit l'autre à Laurent. Lucile s'assit dans l'axe de son beau-frère. Marie-Hélène servit le café. Mic et Mac se bousculèrent pour la meilleure place aux pieds de leur maître.

Le soleil inondait la pièce en traversant les petits carreaux, sertis de plomb, des trois fenêtres à meneaux profondément enfoncées dans l'épaisseur des murs.

Éclairées de côté, les sculptures qui ornaient le manteau de pierre d'une cheminée monumentale prenaient un relief saisissant. Autour d'un écu qui rappelait celui de la porte d'entrée, l'artiste avait reproduit sommairement une scène de chasse à courre. Mais une main sacrilège avait, jadis, martelé le blason au point d'en faire disparaître les armoiries et, en outre, mutilé tous les personnages. Si bien que c'était une troupe de cavaliers sans tête qui galopaient derrière le cerf.

Victoire refusait de voir dans ce vandalisme un souvenir de la Révolution. Elle l'attribuait à son vieil ennemi, Julien Brémont.

— Chaque fois qu'un jury l'empêchait de condamner un prévenu à la guillotine, affirmait-elle, il se vengeait en décapitant, chez lui, un de ces bonshommes.

Ses petits-enfants avaient renoncé à lui faire comprendre qu'un président de correctionnellle n'a jamais dirigé les débats d'une cour d'assises. Pour Victoire, Julien Brémont avait été l'homme qui, dans tous les tribunaux, brandissait le glaive de la Justice.

Sa tasse de café à la main, Marie-Hélène s'approcha de la cheminée. Penchant la tête à droite, puis à gauche pour obtenir le meilleur

angle, elle décréta qu'elle distinguait nettement
une tête de licorne au milieu de l'écusson. C'était
le seul moyen qu'elle avait trouvé pour détourner
l'attention de Laurent d'une paire de jambes que
Lucile exhibait bien haut, sans aucune pudeur.
Mais sa réflexion, qui eût autrefois amené une
chaude discussion, ne fut relevée par personne.

Fatiguée par deux heures de cheval à travers les
landes, Lucile se détendait, vide de pensées,
comme un bel animal insoucieux de ses attitudes.
L'esprit en éveil, elle n'eût du reste pas davantage
relevé la balle lancée par Marie-Hélène. Son
mépris pour sa belle-sœur était si profond qu'elle
affectait, le plus souvent, d'ignorer la jeune
femme. Elle n'avait pas pardonné à la petite-nièce
de Maria de l'avoir supplantée, pensait-elle, dans
le cœur de Laurent, et de s'installer dans la famille
au même rang qu'elle. Calculatrice, vénale même,
n'ayant jamais éprouvé dans sa vie que deux
sentiments sincères : une affection admirative
pour Victoire et une passion sans frein pour
Laurent, elle avait épousé Paul parce qu'il lui
assurait une confortable aisance ; aussi, jugeant les
autres à son image, restait-elle persuadée que seul
l'intérêt avait guidé Marie-Hélène. Cependant, à
Kervrahen, elle se méfiait. Devant Grannie,
prompte à la riposte et toujours prête à défendre la
femme de Laurent, Lucile attaquait rarement de
front sa belle-sœur et se contentait de lui faire
sentir tout le poids de son dédain.

Laurent ne releva pas la réflexion de Marie-
Hélène. Pourtant, autrefois, il avait passé des

journées entières à rechercher à travers le domaine
d'autres reproductions du fameux écu. Toutes
celles qu'il avait trouvées, pareillement abîmées,
restaient indéchiffrables. Et ce mystère qui l'avait
troublé, enfant, continuait de piquer sa curiosité,
comme il avait intrigué tous ceux qui avaient vécu
à Kervrahen.

En tout autre temps, il aurait immédiatement
vérifié si sa femme avait tort ou raison. Mais en ce
moment, il n'était plus qu'un être torturé, attentif
à ne pas exaspérer sa souffrance par un mouvement inconsidéré. Il regardait Lucile sans même
la voir. Cela avait commencé à l'instant où il
s'était levé de table. Une douleur aiguë, en coup
de fouet, avait traversé son mollet droit. Il donnait
le bras à Grannie et, par un effort surhumain, il
avait réussi à conserver son impassibilité. Sa
jambe avait sûrement un peu fléchi et Grannie
l'avait plaisanté.

— Alors, quoi, tu bronches comme Sarida,
maintenant ?

Il avait apprécié le refuge du fauteuil. Mais
voilà que ça recommençait. Et dans les deux
jambes, à présent. Dès qu'il tentait le plus faible
mouvement, d'atroces crampes lui tordaient les
muscles et une corde de feu lui broyait les
articulations. Dieu ! Pouvoir tenir ! Ne pas laisser
deviner à son entourage une souffrance qui lui
semblait pire que la mort... La mort, il ne la
redoutait pas pour lui. C'est le lot de chacun. Sur
notre vieux globe, les morts ne sont-ils pas plus
nombreux que les vivants ? Lorsqu'il pensait à sa

fin prochaine, c'était pour Marie-Hélène qu'il tremblait, jamais pour lui. Mais il se demandait s'il pourrait supporter encore longtemps, sans faiblir, ces intolérables élancements.

Marie-Hélène se méprit sur son silence. Elle imaginait Laurent troublé par la voluptueuse présence de Lucile, au point de devenir aveugle et sourd à tout ce qui n'était pas la jeune femme.

« Si j'étais une sainte, se disait-elle tristement, j'accepterais les événements avec résignation. En pensant à la terrible menace suspendue au-dessus de sa tête, je laisserais mon mari profiter de tous les plaisirs qui s'offrent à lui. Mais je l'aime trop pour consentir à le perdre prématurément. Et puis... et puis, je ne suis pas une sainte ! »

Dans sa révolte, elle avait prononcé distinctement ces derniers mots. Le son de sa propre voix l'emplit de confusion. Elle but son café, avala de travers et, la respiration coupée, toussa en se retournant pour poser sa tasse sur une petite table en acajou.

Lucile suivait ses gestes d'un air narquois.

— Profession de foi bien inutile, railla-t-elle à mi-voix. Personne n'en a jamais douté.

Grannie s'agitait au fond de sa bergère.

— Qu'a donc dit Marie-Hélène ? Je n'ai pas entendu. Mais, par Dieu ! Lucile, tapez-lui dans le dos pour l'empêcher de s'étouffer.

— Ce... ce n'est rien, Grannie, ne vous inquiétez pas, dit Marie-Hélène qui reprenait son souffle.

Mic gronda. Son frère, plus ingambe que lui,

venait de le bousculer pour s'étaler à l'aise sur le tapis. Afin de regagner le terrain perdu, il se leva et boula lourdement contre les jambes de Laurent.

— La paix, Mic ! tonna Victoire.

L'instant d'après, elle était debout, son vieux visage creusé d'angoisse.

— Laurent, mon petit... Que se passe-t-il ?

Terrassé par la douleur, Laurent venait de perdre conscience. Dans un ultime effort pour ne pas glisser de son siège, il s'était reculé contre le dossier en se cramponnant aux accoudoirs. Mais ses mains relâchaient leur étreinte et sa tête, inerte, retombait mollement sur son épaule.

Marie-Hélène s'était précipitée vers lui. Elle le soutint et embrassa son visage exsangue avec une ferveur désespérée.

— Laurent chéri, qu'as-tu ?... Oh ! mon amour, reviens à toi... Laurent !

Lucile avait bondi, elle aussi. Repoussant les chiens d'un coup de pied, elle écarta ensuite Marie-Hélène sans douceur.

— Ne l'étouffez pas, espèce de sotte, et gardez votre calme. Ce n'est rien d'autre qu'une syncope. Inutile d'affoler Grannie.

Mais Grannie ne s'affolait pas. Avant de disparaître dans les profondeurs de la maison, elle avait ouvert les trois fenêtres en maugréant :

— Une syncope ? Qu'est-ce que c'est que ces sornettes ? Laurent n'est pas un garçon à se trouver mal comme une demoiselle.

Marie-Hélène n'avait pas lâché son mari. Pendant que Lucile prenait le pouls du malade, elle avait retiré la cravate, déboutonné la chemise. L'épouvante lançait son cœur à un rythme fou. Jamais elle ne lui avait vu ce masque cireux, ces paupières presque violettes. La première syncope, à Vitznau, avait été brève. Celle-ci se prolongeait anormalement. Elle se pencha sur les lèvres glacées, les effleura d'un baiser et se redressa aussitôt, les yeux élargis de terreur.

— Pour l'amour de Dieu, Lucile, faites quelque chose. Il ne respire plus.

Le visage de Lucile, lui aussi, était marqué par l'angoisse. Mais la haine le rendait presque laid.

— C'est votre œuvre, petite dinde. Si vous m'aviez fait confiance, nous n'en serions pas là. Je vais essayer une injection d'huile camphrée. Soutenez-le pendant que je cours chercher ma trousse.

Avant qu'elle fût de retour, Grannie entra, accompagnée du jardinier, un gaillard taillé en hercule, et de Jeanne qui tenait un bol et une serviette. Elle écarta doucement Marie-Hélène. En un clin d'œil, sur ses directives, Laurent fut allongé sur le tapis, un coussin sous les omoplates, la tête plus basse que les épaules. Puis elle le souffleta avec la serviette imbibée de vinaigre.

Laurent ouvrit les yeux et tenta de se relever. Sa grand-mère l'en empêcha. Les couleurs revenaient. La respiration régulière prouvait que la crise était passée.

Marie-Hélène s'était agenouillée près de son mari, guettant le retour de la vie sur le visage aimé. Elle pleurait sans bruit. Dans ces secondes d'agonie, elle avait réalisé ce que signifiait la disparition de Laurent. C'était cela, la vraie souffrance, la mortelle blessure. L'autre peur, celle de le voir regarder, désirer peut-être une autre femme, devenait une inquiétude sans importance. Elle avait l'impression de s'être enrichie d'une nouvelle sagesse.

La main de Laurent chercha la sienne.

— Ne t'affole pas, mon amour.

Elle essuya furtivement ses yeux et lui sourit.

— Comment te sens-tu ?

Il avait à peu près autant de forces qu'un nouveau-né, mais ne jugea pas nécessaire d'en informer son entourage.

— Bien, dit-il, mais avec des jambes de plomb.

Il redressa un peu la tête et fit un clin d'œil à sa grand-mère.

— Je dois avoir l'air malin, non ?

— Tu as surtout l'air d'un garçon qui me cache quelque chose, dit sévèrement Grannie.

Elle se tourna vers Lucile qui s'approchait, une seringue à la main.

— Qu'allez-vous faire ? demanda-t-elle, l'œil méfiant.

— Une piqûre pour lui soutenir le cœur.

— Inutile, décréta la vieille dame d'un ton ferme. Rangez vos instruments. Laurent est de ma race. Son cœur n'a pas besoin d'être soutenu.

Et sans se préoccuper des protestations de Lucile, elle ordonna au jardinier d'emmener Laurent dans la chambre que ses petits-enfants avaient autrefois baptisée « la chambre de Tristan ».

CHAPITRE IX

C'était, au rez-de-chaussée, une vaste pièce avec des boiseries de chêne et un beau plafond à caissons. A l'est, les vitraux de deux fenêtres racontaient en images naïves les amours de Tristan et d'Iseult. A l'ouest, une porte-fenêtre, encadrée d'épais rideaux de velours vert, donnait accès à une terrasse d'où la vue plongeait sur les eaux glauques du Jaudy. La pièce communiquait d'un côté avec la bibliothèque et, de l'autre, avec une tour dans laquelle une salle de bains avait été aménagée.

Anne avait aimé cette chambre. Elle y couchait lorsqu'elle résidait au manoir. Elle l'avait meublée d'un lit-bateau, d'un large canapé, de fauteuils et d'un secrétaire Empire, ainsi que d'une armoire-vitrine où elle rangeait ses livres et ses bibelots préférés. Depuis sa mort, rien n'avait été déplacé, pas même le grand cadre de cuir rouge, posé de biais sur la cheminée et qui abritait une photographie d'elle : un visage aux traits purs, aux yeux graves, presque mélancoliques.

Se voir attribuer par Grannie la chambre de Tristan était un honneur que Paul et Laurent s'étaient autrefois bien souvent disputé.

Aidé du jardinier, surveillé par Grannie et suivi par les deux chiens tout penauds, Laurent avait pris possession de sa chambre préférée. Il refusa de se coucher, affirmant d'une voix qui se voulait convaincante mais qui ne trompa nullement sa grand-mère, qu'il se sentait maintenant assez fringant pour conduire Sarida, à travers les landes, jusqu'à la mer.

Après avoir renvoyé le domestique, il s'allongea sur le canapé. Victoire s'assit près de lui et l'examina attentivement. Les traits virils avaient retrouvé leur fermeté, mais elle s'inquiéta secrètement du creux léger des tempes, d'une certaine transparence de la peau et des yeux trop brillants.

— A présent, mon garçon, tu vas m'avouer ce qui ne va pas.

— Comme au temps où je portais des culottes courtes, n'est-ce pas, ma bonne dame ?

Il lui adressa une grimace impertinente. Mais ses yeux riaient et le soupir d'aise qu'il exhala prouvait qu'il ne lui déplaisait pas de se blottir sous l'aile tutélaire de la vieille dame.

Il s'était attendu à sa question. Décidé à lui épargner un inutile chagrin, il avait soigneusement préparé les réponses.

***

Pendant ce temps, Lucile, qui avait retenu

Marie-Hélène au salon, exigeait d'elle toute la vérité sur les malaises de Laurent. Son interrogatoire ne laissait rien dans l'ombre.

Lorsque la jeune femme lui avoua que son mari avait abandonné tout traitement depuis deux mois, les yeux noirs de Lucile luirent dangereusement.

— Vous êtes vraiment d'une criminelle stupidité, lança-t-elle avec violence. Les médicaments que j'avais donnés à Laurent devaient non seulement lui épargner de nouvelles hémorragies, mais ils étaient probablement les seuls remèdes capables de le guérir...

Marie-Hélène l'interrompit.

— Oui, je sais. Vous tentiez sur lui une expérience en relation avec vos recherches. En essayant de développer dans son organisme un processus de défense, vous espériez triompher de la leucémie. J'ai appris tout cela. Mais trop tard, hélas !

Lucile la regardait avec une expression où l'étonnement se mêlait à l'intérêt.

— Qui vous a si bien renseignée ?

— Le médecin suisse dont je vous ai parlé. Il connaît vos travaux.

Un léger sourire détendit les traits de la doctoresse. La nouvelle flattait son orgueil. Puis un nouvel accès d'irritation la dressa contre ce praticien qui, à son avis, avait commis une lourde erreur.

— Vous dites qu'il lui a injecté un coagulant ? Je m'explique à présent l'accident de tout à l'heure. Des caillots ont pu se former quelque part dans les veines des mollets.

— Vous pensez à une phlébite ? s'étonna Marie-Hélène. Pourtant ses jambes ne sont guère enflées.

La considération que Lucile avait pu éprouver un instant pour sa belle-sœur se noya dans son dédain. Elle la toisa hautaine.

— Votre ignorance...

— Oh ! Je vous en prie, coupa Marie-Hélène. Ne recommençons pas à nous quereller. Vous aimez Laurent, n'est-ce pas ? Eh bien, puisque nous sommes deux à le chérir, ne pouvons-nous unir nos efforts pour le sauver ? Je suis prête à collaborer avec vous. Certes, vous êtes riche de votre science, mais vous devez tout de même compter sur mon aide. Toute seule, Lucile, vous ne ferez rien. Je connais Laurent mieux que vous. Il refusera de se laisser soigner. Parce qu'il a gardé le souvenir d'un aïeul, d'un père et, pardonnez-moi, d'un frère, toujours dolents et confinés dans une atmosphère médicamenteuse, se plier à un traitement de longue haleine, pour lui, c'est une sujétion qui lui apparaît presque comme une déchéance. Vous aurez beau lui prescrire les remèdes les plus efficaces, il ne les prendra pas. Mais moi, par ruse ou par chantage, selon l'inspiration du moment, je réussirai à les lui faire accepter.

Lucile l'avait écoutée sans l'interrompre. Ses lèvres finement dessinées avaient peu à peu perdu leur pli méprisant. Les paroles de Marie-Hélène avaient fait vibrer en elle une corde profonde et sensible. Pour sauver Laurent, elle se sentait prête à sacrifier son orgueil. S'il fallait pour cela tendre la main à une rivale qu'elle haïssait, eh bien… elle la tendrait.

— Vous avez raison, reconnut-elle après un silence. Unissons nos efforts et souhaitons que ceux-ci ne soient pas trop tardifs. Je vais immédiatement faire faire à Laurent une numération globulaire et j'établirai son traitement en fonction des résultats… Allons voir dans la chambre de Tristan ce qui s'y passe. Pourvu que Grannie n'ait rien deviné ! Elle est observatrice et n'ignore rien des antécédents de Laurent. Si elle découvrait que son petit-fils est atteint, lui aussi, d'un cancer, elle ne s'en remettrait pas.

Le mot cingla Marie-Hélène et élargit en elle des ondes de souffrance. Dans un sursaut de révolte, elle refusa de considérer comme définitif le diagnostic de sa belle-sœur.

— Êtes-vous sûre que c'est bien de ce mal que sont morts le père et le grand-père de Laurent ? demanda-t-elle d'une voix sans timbre.

Lucile, qui avait déjà atteint la porte du hall, revint sur ses pas.

— J'en suis certaine et mon affirmation repose sur des preuves irréfutables. Les spécialistes qui ont autrefois suivi Julien et Georges Brémont vivent encore et m'ont confirmé ce que je pensais : tumeur maligne du foie pour le grand-père, du tube digestif pour le père. Grâce à un dépistage précoce, Paul, lui, avait pu se soigner utilement.

Quant à Laurent, qui semblait pourtant bâti à chaux et à sable, il offrait, lui aussi et sans le savoir, un terrain favorable au développement du cancer. L'irradiation qu'il a subie, au cours de son imprudent reportage sur les retombées atomiques, a altéré des cellules qui, chez un autre individu, auraient parfaitement résisté. Croyez-moi, le cas des Brémont est typique et illustre magnifiquement mes théories sur la mutation, et le phénomène de cancérisation maintes fois vérifié sur les animaux.

Une note de triomphe avait vibré dans sa voix. Aussitôt, Marie-Hélène sentit sa confiance en Lucile refluer très loin d'elle.

« Laurent n'est donc qu'un cas, pensa-t-elle, outrée de tant d'impudente sécheresse, un cas magnifique qui lui permettrait de vérifier si le traitement qui réussit aux rats est aussi efficace sur l'espèce humaine ! »

Mais Lucile, consciente d'avoir laissé ses préoccupations de biologiste prendre le pas sur ses sentiments, ajouta, comme pour elle-même, les yeux noyés de tristesse :

— Et pourtant, Dieu sait que j'aurais préféré l'effondrement de toutes mes théories, plutôt que de les voir confirmées par l'accident dont Laurent a été la victime... Allons, assez de bavardage, conclut-elle avec une brusquerie désespérée. Essayons plutôt de tenter l'impossible. Venez, Marie-Hélène.

⋆⋆*

Dans la chambre, Laurent était seul et feuilletait distraitement le premier volume qui lui était tombé sous la main : un roman qui avait fait, jadis, rêver sa mère et sa grand-mère.

Lucile gloussa en découvrant le titre et le nom de l'auteur.

Laurent répondit à son ironie par le sarcasme.

— Je présume qu'une épicurienne comme vous trouve son plaisir dans des lectures plus fortement épicées, non ?

— Mon plaisir, riposta Lucile d'un ton équivoque, je le goûte ailleurs que dans les livres.

En même temps, elle lui décocha un regard outrageusement provocant. Mais Laurent n'avait d'yeux que pour le vaccinostyle qu'elle tenait à la main.

— Encore une numération ? Vous m'ennuyez. Je donnerais cher pour que Grannie vous voie en ce moment.

Lucile incisa l'oreille de son beau-frère, préleva deux gouttes de sang qu'elle étala sur des plaquettes de verre.

— J'aime beaucoup Grannie, admit-elle, mais ses préjugés contre la médecine moderne m'irritent. Elle en est malheureusement restée à une thérapeuthique digne des temps médiévaux.

— Ne médisez pas des vieilles panacées. Elles ont fait leurs preuves, riposta Laurent, un pli de moquerie au coin des yeux. Mon grand-père maternel a laissé dans le pays le souvenir d'un habile guérisseur.

— Inutile de me le rappeler, dit Lucile, pincée.

Grannie pour sa part, ne s'en charge que trop souvent. A l'entendre, son « Johnnie » faisait des miracles. Et le plus exaspérant, c'est qu'elle a hérité de lui des tas de recettes plus ridicules, pour ne pas dire plus nocives, les unes que les autres. Je suis sûre qu'elle en a une toute prête pour vous, non ?

— Peut-être, dit Laurent qui ne put s'empêcher de sourire à la pensée de ce que Victoire lui préparait.

Il se refusait à discuter avec Lucile des médicaments plus ou moins empiriques de sa grand-mère. Pour sa part, s'étant toujours bien trouvé des soins qu'elle lui avait prodigués lorsqu'il était enfant, il admettait les vertus curatives du thym ou du persil. Et Grannie y croyait avec une telle foi, qu'il ne l'eût contredite pour rien au monde.

Lucile s'impatientait.

— Qu'a-t-elle imaginé ? Dites-le-moi, Laurent. Tout de même, par affection pour elle, vous n'allez pas avaler son eau de clous rouillés ou autres sottises du même genre ?

— Si ça ne guérit pas, commenta Marie-Hélène, philosophe, ça ne peut toujours pas faire de mal.

Laurent lui adressa un tendre clin d'œil de connivence. Lucile qui le saisit au vol sentit redoubler son exaspération et s'en prit à Marie-Hélène.

— Je n'ai jamais rien entendu de plus stupide, déclara-t-elle sèchement.

Elle referma sa trousse et quitta la pièce sans

ajouter un mot. Quelques minutes plus tard, au volant de son cabriolet rouge, elle roulait vers Tréguier où la numération allait être faite sur l'heure.

Restée seule avec Laurent, Marie-Thérèse s'assit près de lui et, fidèle à la parole donnée à Lucile, entreprit de défendre sa belle-sœur.

— Ne la taquine pas trop. Elle réagit en bon médecin. C'est normal qu'elle ne puisse éprouver pour le savoir de « Johnnie » l'admiration de tous ceux qui ont connu ton grand-père.

Comme il la regardait d'un drôle d'air, elle ajouta très vite, préparant l'avenir :

— Moi-même, je t'avoue que, si j'étais malade, je préférerais écouter et suivre ses conseils plutôt que ceux de Grannie.

D'une main, il l'attrapa par les épaules. De l'autre, il lui releva le menton.

— Regarde-moi en face, toi, et dis-moi donc depuis quand tu défends si bien Lucile ? Qu'avez-vous comploté, toutes les deux ?

Marie-Hélène n'eut pas le temps de répondre. La porte venait de s'ouvrir et Grannie s'avançait, précédée d'une puissante odeur d'oignon.

Victoire avait revêtu une blouse blanche qui l'enveloppait du cou aux chevilles. Laurent se crut revenu au temps de son enfance, lorsque sa grand-mère pansait les genoux écorchés, baignait les chiens, surveillait les lessives ou les grands nettoyages.

Il ne fut pas le seul. A travers la broussaille de leurs poils, Mic et Mac reconnurent un uniforme qu'ils n'appréciaient pas plus que l'expression décidée du vieux visage. Ils se relevèrent aussi vite que le permettaient leurs rhumatismes et se faufilèrent comme des ombres par la porte entrebâillée.

— Mon garçon, c'est l'heure, annonça Grannie. J'ai attendu que Lucile parte ; ainsi nous n'aurons pas à subir ses récriminations. Les médecins et les savants, je les connais. Toute sa vie, mon Johnnie s'est battu contre eux. Moi, comme je suis trop âgée pour continuer la lutte, je préfère ruser. Pour un même résultat, c'est moins épuisant.

— A vos ordres, mon capitaine, plaisanta Laurent en se mettant au garde-à-vous.

A la grande stupéfaction de Marie-Hélène, il commença de se dévêtir. Elle regarda la vieille dame.

— Qu'allez-vous faire, Grannie ?

Sans répondre, celle-ci prit la femme de Laurent par le coude et, doucement mais fermement, la conduisit dans la bibliothèque et, de là, dans le hall.

Marie-Hélène se dégagea et fit front.

— Je n'ai pas l'intention de laisser mon mari, protesta-t-elle. Qu'avez-vous donc décidé ?

— Je vais lui appliquer un remède vieux comme le monde pour lui purifier le sang et alléger ses jambes. Au cours de ses expéditions aux pays des sauvages, il a dû attraper une mauvaise fièvre qui le ronge et l'affaiblit... Ah ! Dame, si après ses examens de droit il avait suivi la même carrière que son père, il n'aurait pas couru ce genre de risque, mais le sang de corsaire qui coule dans ses veines — il ne faut pas oublier que mon propre bisaïeul était le compagnon de Surcouf — lui a donné le goût de l'aventure. Attacher à un prétoire un garçon de cette trempe ? Autant emprisonner un goéland...

— Je sais, je sais, Grannie, dit patiemment Marie-Hélène.

La vieille dame la regarda avec sympathie.

— C'est vrai, je m'égare inutilement, car tu le comprends aussi bien que moi... J'ai donc décidé de le soigner comme son grand-père maternel l'aurait fait. Il va se mettre au lit, les pieds enveloppés jusqu'aux chevilles dans des cataplasmes d'oignon et d'ail hachés.

Marie-Hélène haussa des sourcils stupéfaits mais s'abstint de tout commentaire. Elle manifesta seulement son étonnement d'être écartée de la chambre.

— C'est préférable, dit Grannie avec un bon sourire. La réaction de ce traitement est toujours pénible. La fièvre tombera mais seulement à la suite d'abondantes sueurs...

— Raison de plus pour ne pas laisser Laurent seul.

— Il ne sera pas seul puisque je reste auprès de lui. Non, ma chérie, inutile d'insister. Ce sera moi sa garde-malade. Exceptionnellement, cette nuit, tu coucheras dans une autre pièce. Ce n'est pas mauvais pour un jeune couple de faire quelquefois chambre à part.

— Ce n'est ni l'avis de Laurent ni le mien, se révolta Marie-Hélène.

Mais elle avait affaire à une volonté plus forte que la sienne.

— Peut-être n'est-ce pas ton avis, déclara posément Grannie, mais dans une heure ce sera celui de ton mari.

— Pourquoi ?

— Parce qu'il préférera ma présence à la tienne pour transpirer à son aise. C'est toujours pénible pour un homme de perdre, devant la femme qui l'aime, ne serait-ce qu'une parcelle de son prestige. Accorde-moi ta confiance et cesse de te tracasser... Tiens, sais-tu ce que tu devrais faire pour te changer les idées et retrouver ton teint d'abricot ? Une promenade au Sillon de Talbert. Si les vacanciers d'août n'ont pas saccagé cette presqu'île, elle doit être encore toute bleuie de chardons. En partant dès maintenant avec ta voiture, tu as le temps d'aller là-bas et de me cueillir des brassées de fleurs pour les vases du vestibule. Va, ma chérie, et bonne route !

C'était davantage un ordre qu'un conseil. Marie-Hélène ne s'y trompa point. Comme elle ne pouvait se dresser contre la volonté de Grannie et que, d'autre part, Laurent approuvait sûrement sa grand-mère — son silence en témoignait — Marie-Hélène n'eut d'autre ressource que d'emprisonner ses cheveux sous un foulard, d'enfiler

des blue-jeans et des espadrilles, puis de partir
pour une excursion qu'elle eût préféré faire en
compagnie de son mari.

Cependant, dès qu'elle foula le sable dur et
pierreux du Sillon, elle adressa à Victoire une
pensée de gratitude. La vieille dame avait eu
raison de l'envoyer sur cette presqu'île. La brise
qui y soufflait purifiait l'esprit autant que les
poumons. Une phrase, lue la veille, lui revint.

« Quel chagrin pourrait résister à la beauté du
monde ? »

« Peut-être, se disait Marie-Hélène, l'auteur a-
t-il, lui aussi, un jour que son cœur était lourd,
ressenti jusque dans ses fibres les plus profondes
l'apaisement que procure la contemplation d'un
tel paysage. »

Ce n'était pourtant, en avancée sur la mer,
qu'une flèche de sable, longue de trois ou quatre
kilomètres et si étroite qu'à marée haute les
vagues qui la frappaient, à gauche et à droite,
mélangeaient souvent au-dessus d'elle leurs flo-
cons d'écume. Une ceinture de récifs abrupts la
protégeait de l'érosion. La route venait buter sur
elle sans s'y aventurer. Aucun chemin ne forçait
une solitude qu'elle défendait en tôlant durement
son sable et en le hérissant d'une chevelure
piquante de chardons.

Il n'y avait aucune voiture sur le terre-plein par
lequel s'achevait la route. Ce jour-là, seules les
mouettes hantaient le Sillon. Esclaves de leur
instinct grégaire, les derniers touristes du mois
d'août finissaient leurs vacances très loin de ce

paradis, agglutinés sur des grèves blondes. Même s'ils s'étaient aventurés jusque-là, ils n'auraient vu qu'une longue dune déserte, écrasée de soleil, frangée de rochers que léchaient paresseusement les vagues scintillantes de la morte-eau.

Mais, pour les avoir autrefois découverts avec Laurent, Marie-Hélène savait quels trésors recelait le Sillon. Elle connaissait les endroits où fleurit la criste-marine et ceux où les calices des chardons se teintent d'un bleu délicat de lavande. Elle en cueillit assez pour orner les vases du hall et déposa son bouquet au creux d'un repli de sable. Ensuite, galvanisée par le vent salé qui lui fouettait les joues, elle entreprit de retrouver, parmi les récifs, le pan de roc en saillie sous lequel une anfractuosité recelait des cristaux d'améthyste accessibles à marée basse.

L'entreprise était hasardeuse. Ses espadrilles adhéraient bien au granit, mais glissaient sur les tiges grasses et juteuses de goémon. Dix fois, elle faillit se rompre les os. Quand elle s'accrocha enfin à son rocher en surplomb, la mer remontait et les vagues re ruaient à l'assaut de la cavité aux améthystes.

Elle renonça sans regrets à sa problématique récolte. Debout à l'extrême pointe du récif, face au large, elle regarda longtemps les îlots frangés d'écume, que le flot engloutissait au gré du flux.

Puis soudain, la bizarre impression d'être épiée s'empara d'elle.

« C'est ridicule. Seuls les oiseaux me tiennent compagnie. »

Refusant de se laisser dominer par son imagination, elle ne bougea point. Pourtant, comme cette sensation s'aiguisait, dans un brusque réflexe de défense elle fit volte-face.

A quelques mètres d'elle, Lucile, immobile, la tenait sous son regard. Et celui-ci exprimait tant de haine que Marie-Hélène faillit crier de peur.

Elle se souvint de la première tentative de sa belle-sœur pour la tuer. Le fait que Lucile se fût justifiée ne la rassurait pas, bien au contraire. Si cette femme se laissait si facilement dominer par sa violence, elle pouvait répéter un geste qui, cette fois, avait toutes les chances de réussir. Lucile était plus grande et plus robuste qu'elle. Une poussée et tout serait terminé. Pas une âme à l'horizon pour dénoncer la criminelle. L'accident ne laisserait pas le moindre doute.

Lucile s'approcha lentement de sa rivale. Elle avait dû apercevoir Marie-Hélène de loin et l'avait rejointe facilement en suivant l'échine du rocher. Elle portait un pantalon lie de vin, très ajusté, serré aux genoux, et une veste vague en toile blanche. Le vent plaquait sur son visage ses cheveux noirs, fluides comme une soie. Elle les rejeta en arrière et, le regard toujours fixé sur Marie-Hélène, elle les enserra vivement dans un foulard en mousseline qu'elle tira de sa poche.

Marie-Hélène fit un pas de côté et cala ses reins contre une arête de granit. Sa belle-sœur lui barrait le passage vers la dune. Derrière elle, à droite et à gauche, la mer roulait ses vagues sur des récifs tranchants comme des rasoirs. Elle n'avait guère plus de possibilité de s'échapper qu'un animal pris au piège. Sa seule chance aurait été de foncer, tête baissée, sur Lucile, de la bousculer et de courir ensuite vers la voiture. Elle s'en rendait compte mais, les jambes coupées, se sentait incapable du moindre mouvement.

Lucile eut un sourire cruel.

— Je devine vos pensées, Marie-Hélène. La terreur vous colle à la peau comme un linge mouillé. Pour moi, c'est très rassurant, car j'ai la preuve que vous m'avez menti en me racontant votre histoire de lettre. Vous n'avez rien écrit, sinon, vous félicitant de votre prévoyance, vous vous cramponneriez à votre idée comme à une bouée, certaine que mon intelligence m'interdirait de tenter, dans ces conditions, le moindre geste contre vous. Quelle impression cela fait-il de penser que la mort est si proche ?

Dédaignant de répondre, Marie-Hélène ferma les yeux.

Un violent soufflet les lui fit rouvrir aussitôt et l'arracha à l'hypnose où l'épouvante l'enlisait.

— Pauvre sotte ! criait Lucile d'une voix qui frôlait l'hystérie. Vous mériteriez que j'agisse avec vous selon les sentiments que vous me prêtez. Je ne suis pas une criminelle. Vous ne l'avez pas compris, non ? J'ai cédé une fois à mon emportement, je le reconnais, mais je n'avais fait que perdre la tête, sans aucune préméditation, et si vous n'étiez pas venue vous offrir stupidement en holocauste... Mais, bon sang ! il ne vous est jamais arrivé de souhaiter la mort de ceux qui vous gênent ?... Répondez donc, insista-t-elle en secouant brutalement la jeune femme. Sur la route, dans le métro ou ailleurs, vous n'avez jamais eu envie de tuer les imbéciles qui vous barraient le chemin ?

D'une secousse, Marie-Hélène se délivra de la poigne de sa belle-sœur. Elle avait envie de répondre que, chez elle, heureusement, la raison prenait le pas sur l'instinct. Mais elle eut peur de réveiller la folie meurtrière de Lucile. De l'exaltation à la démence, la marge est étroite et cette femme la franchissait trop allégrement pour ne pas inspirer la méfiance.

— A quoi rime cet éclat ? demanda simplement Marie-Hélène. Et pourquoi êtes-vous venue jusqu'ici pour me tourmenter ?

Lucile enfonça les deux mains dans les poches de sa veste et fit un effort pour recouvrer son calme.

— Je vous le dirai tout à l'heure. Avant, j'ai besoin de mettre au point une certaine question que vous avez soulevée autrefois et qui n'a cessé de me tracasser. Nous sommes rarement seules. Cette occasion était trop belle pour que je la laisse échapper. Que savez-vous exactement des raisons qui ont motivé l'avertissement, et non pas le blâme comme vous semblez le croire, que le Conseil de l'Ordre m'a infligé ? Je vous préviens, Marie-Hélène, si vous me dissimulez la vérité, je renonce à soigner Laurent.

— Vous montrez plus de constance dans la haine que dans l'amour, remarqua Marie-Hélène

Et vous ne reculez pas non plus devant le chantage...

Les yeux de Lucile flamboyèrent de fureur.

— Le chantage, ma chère, vous en parlez en connaissance de cause, remarqua-t-elle sèchement. N'est-ce pas en vous servant de cette arme que vous m'avez éloignée de votre mari ? Quant à l'amour, vous n'en avez pas la même conception que moi, alors, je vous en prie, abstenez-vous d'en parler. Sachez seulement que ma raison de vivre se situe bien au-delà des sentiments que j'éprouve pour Laurent. Disparaîtrait-il de mon existence, que je découvrirais encore à celle-ci une certaine saveur... à la condition, toutefois, que je puisse librement continuer mes travaux de biologiste. Or, je connais les méfaits de la calomnie. Il suffirait que le prétendu secret que vous vous imaginez détenir soit divulgué pour que...

— Je n'en ai jamais soufflé mot à quiconque.

— Votre discrétion vous honore, railla Lucile, et vous avez bien agi en tenant votre langue, car vous avez sûrement interprété de travers les confidences de Paul. Que savez-vous exactement ?

— Rien, avoua Marie-Hélène, sauf que la mesure disciplinaire qui vous a été infligée vous a privée de votre clientèle.

— Archi-faux. J'ai renoncé de moi-même à exercer, après avoir reçu d'un ami des sommes considérables destinées à me procurer la possibilité de créer le laboratoire dont je rêvais. Cet homme, un financier, âgé, fabuleusement riche, se passionnait pour la recherche scientifique. Le

malheur a voulu qu'il tombe gravement malade.
Je l'ai soigné et, à sa mort, ses descendants m'ont
intenté un procès pour captation d'héritage. Ils
l'ont perdu, mais le Conseil de l'Ordre, qui n'avait
pas approuvé la publicité donnée à cette histoire,
m'a infligé un avertissement.

— Soyez tranquille, dit Marie-Hélène, je garderai pour moi vos confidences. Mais je suppose
que ce n'est pas seulement pour me les faire que
vous êtes venue jusqu'ici. Avez-vous les résultats
de la numération de Laurent ?

— Oui. Ils sont désastreux. De nouvelles
transfusions s'imposent. Je crois même que seule
une greffe de la moelle pourrait lui accorder une
survie suffisante pour donner à mon traitement le
temps d'agir.

Marie-Hélène dut s'appuyer de nouveau contre
le rocher. Ses jambes ne la portaient plus.

— C'est impossible, haleta-t-elle. Laurent
devinerait... Il ne faut pas qu'il apprenne...

Lucile l'interrompit, en proie à un nouvel accès
de fureur.

— C'est votre inconscience qui nous a fourrés
dans cette impasse. Vous n'avez pas plus de
cervelle qu'un oiseau. Encore tout à l'heure, au
lieu de tenir tête à Grannie, vous l'avez laissé
appliquer à Laurent une des recettes médiévales
dont elle a le secret. Lorsque je suis rentrée de
Tréguier, je n'ai même pas pu entrer dans la
chambre. Ce que j'ai appris, c'est Jeanne, et
Pierre, le jardinier, qui me l'ont confié avec une
crédulité à désespérer du genre humain. Et vous,

pauvre idiote, devant Laurent, vous n'avez même pas désapprouvé une médecine digne des plus odieux charlatans. Est-ce ainsi que vous comptez m'apporter votre aide ?

— Laurent n'est pas un enfant, protesta Marie-Hélène, agacée par l'arrogance de sa belle-sœur. Il a suffisamment de personnalité pour décider de ce qu'il accepte ou refuse. Et s'il croit aux vertus thérapeutiques des plantes, je ne peux ni l'en blâmer, ni l'en empêcher. Grannie est persuadée qu'il a contracté quelque fièvre tropicale au hasard de ses reportages. Moi aussi, j'ai souvent pensé à cette éventualité. Et je m'étonne que ni vous ni les médecins de la clinique ne l'ayez envisagée.

Les lèvres de Lucile accusèrent un léger frémissement, tandis qu'une ombre d'inquiétude passait sur son visage. Mais elle était trop sûre d'elle pour partager longtemps le doute de sa belle-sœur.

— Laurent était obligatoirement vacciné contre la plupart des fièvres tropicales, rétorqua-t-elle en haussant les épaules. Inutile de se torturer l'esprit avec de tardifs scrupules. Le diagnostic de la leucémie était si évident que pas un seul de mes confrères n'a mis ma parole en doute. L'irradiation que Laurent avait subie...

— Mais cette irradiation n'a indisposé aucun de ses camarades, coupa Marie-Hélène avec violence. Ils étaient trois autres hommes dans l'avion. Je les connais. Ce sont des amis de mon mari. Et je peux vous affirmer qu'ils sont tous en excellente santé.

— Croyez-vous que j'ignore ce détail ? Quoi que vous en pensiez, mon enquête n'a rien laissé dans l'ombre et le fait que vous me citez vient à l'appui de mes théories sur les prédispositions héréditaires du cancer. J'en ai même fait mention dans mes rapports à l'Institut... Mais nous discutons dans le vide et je crois qu'il serait plus prudent de revenir au manoir. Un des accidents courants de la leucémie myéloïde est une phlébite oblitérante des membres inférieurs. Il faut absolument que je m'assure si cette inflammation ne serait pas à l'origine de la syncope qui a terrassé Laurent après le déjeuner.

L'angoisse submergeait de nouveau Marie-Hélène. C'en était fait de l'euphorie où elle s'était complu dès son arrivée sur le Sillon. Le paysage n'avait pourtant rien perdu de sa splendeur. A mesure qu'elle montait, la mer devenait même de plus en plus belle, avec des rouleaux, d'un vert translucide, qui se fracassaient contre les rochers. Sous les rayons obliques du soleil, le granit prenait des tons chauds de porphyre.

Mais il avait suffi que le mot de leucémie fût de nouveau prononcé, pour que le soleil s'effaçât aux yeux de Marie-Hélène. Lorsqu'elle pensait à « l'autre », il n'existait plus pour elle de joie ni de lumière, plus rien qu'une longue nuit sans aurore.

Elle suivit sa belle-sœur d'un pas d'automate. Après avoir ramassé les chardons pour Grannie, elle eut l'étrange impression que son corps était soudain aussi malade que son âme. La fatigue lui amollissait les jambes et tiraillait son dos. Des

crampes douloureuses lui contractaient l'estomac.
A l'entrée du Sillon, sous de grosses pierres
plates, des filets de pêcheurs séchaient, dégageant
une forte odeur de poisson pourri. Une brusque
nausée la plia en deux.

Lucile qui la précédait avait atteint son cabriolet, rangé près de la voiture louée par Laurent.
Elle se retourna et aperçut sa belle-sœur, au
moment où celle-ci se redressait. Une expression à
la fois mécontente et intriguée rapprocha les arcs
délicats de ses sourcils.

Lorsque Marie-Hélène arriva à sa hauteur, elle
lui demanda d'un air vindicatif :

— Que se passe-t-il ? Vous êtes sujette à de
mauvaises digestions ?

— Non, dit Marie-Hélène. Mais j'avoue que,
depuis quelques jours, je ne me sens pas dans mon
assiette.

— Vous ne seriez pas enceinte, par hasard ?

— Je ne le pense pas, dit Marie-Hélène.

Mais, d'un regard professionnel, la doctoresse
avait enregistré les cernes bleuâtres que le malaise
avait élargis sous les yeux de la jeune femme. En
un éclair, elle décela une vérité qui échappait
encore à Marie-Hélène. Aussitôt, la jalousie
l'étreignit avec une telle acuité qu'elle chercha ce
qu'elle pourrait dire de plus blessant.

— Ça vaut mieux, approuva-t-elle sèchement.
Descendant d'un père et d'aïeux cancéreux, le
pauvre mioche viendrait au monde avec un bien
triste héritage.

La flèche empoisonnée toucha son but. Marie-

Hélène devint livide et Lucile la crut sur le point de se trouver mal. Instinctivement, elle fit un pas vers elle pour la soutenir. Mais Marie-Hélène retrouva le contrôle d'elle-même. Raidie, refoulant l'effroi que les paroles de sa belle-sœur avaient réveillé dans son cœur, elle fit front et riposta d'une voix sans timbre :

— Un pauvre mioche qu'il ne vous aurait pas déplu de concevoir vous-même, n'est-ce pas, Lucile ? Et qu'importerait son hérédité, puisque vous vous vantez d'être assez savante pour en modifier les effets.

Sans attendre la riposte, elle monta dans sa voiture et démarra aussitôt.

CHAPITRE X

En dépit de leur insistance, aucune des deux jeunes femmes ne fut admise dans la chambre de Laurent.

Le soir, Grannie n'apparut pas à table. D'un ton de confidence, Jeanne, qui servait une délicieuse cotriade, expliqua à Lucile et à Marie-Hélène que Madame avait exigé un plateau dans sa chambre, et que Monsieur Laurent ne s'alimenterait, jusqu'au lendemain, qu'avec des décoctions de racine de persil.

— Seigneur ! soupira Lucile. On se croirait sous Philippe-Auguste !

Jeanne, qui n'aimait pas beaucoup « Madame Paul », se sentit offensée. Avec la conviction d'un apôtre défendant la sainte parole, elle précisa :

— Je ferai remarquer à Madame qu'il ne s'agit pas de n'importe quelles racines. Il faut en récolter de deux ans et bien les sécher au four.

Et elle quitta la pièce, portant haut sa coiffe, digne comme il convient de l'être à ceux qui détiennent la Vérité.

Le lendemain, il faisait si beau que les servantes reçurent l'ordre de dresser la table du petit déjeuner dehors, à l'orée du parc.

L'air avait des transparences dorées. Sur le Jaudy gonflé par la marée de pleine eau, des voiliers blancs glissaient avec des grâces de mouettes. Dominant l'autre rive, Tréguier effilait dans le soleil la flèche de sa cathédrale.

A Kervrahen, le repas du matin était le plus copieux de la journée, coutume anglaise que Grannie tenait de son époux et à laquelle chacun, qu'il le voulût ou non, devait se conformer.

A neuf heures, la cloche réunit tout le monde autour de la table égayée par une nappe en toile écossaise verte et rouge, tissée à la main. Lucile arriva en culottes de cheval. Seule une promenade équestre dans la lande avait pu calmer sa nervosité. Elle avait à la fois la prémonition d'une catastrophe et la certitude d'être la seule à pouvoir l'empêcher.

Marie-Hélène, qui n'avait réussi à trouver le sommeil qu'à l'aube, était encore en déshabillé, avec deux nattes d'écolière sur les épaules.

En pantalon blanc et polo rouille, Laurent les rejoignit le dernier. La nouvelle de sa guérison l'avait précédé dûment claironnée par Grannie. Sa fièvre était tombée. Ses jambes, désenflées, avaient retrouvé leur souplesse. Pour le prouver, il exécuta deux entrechats avant d'embrasser tendrement sa femme.

— J'ai dû verser dans mon bain tout ton flacon de lavande, dit-il en riant à Marie-Hélène. En outre, je suis dégoûté de la soupe à l'oignon jusqu'à la fin de mes jours.

— Comment te sens-tu ?

— Comme un homme qui n'aurait rien mangé depuis une semaine.

Il dévora ses œufs au jambon, reprit deux fois du saumon et fit des ravages dans la pile de crêpes à la confiture.

Marie-Hélène, ravie, trouvait une saveur délicieuse à tout ce qu'elle dégustait. Quant à Lucile, par déférence envers Grannie, elle se forçait habituellement à goûter de tous les plats. Mais, ce matin-là, dans un évident désir de provocation, elle n'avala qu'une tasse de thé.

Victoire ne s'en soucia pas. Elle triomphait. L'apparente guérison de son petit-fils lui causait autant de satisfaction que de fierté, car, la veille, en voyant son visage amaigri, elle avait redouté une maladie qui eût dépassé ses compétences.

— Ces fièvres-là, vous pensez si je les connais, disait-elle, son vieux visage tout rayonnant d'orgueil. Au temps de ma jeunesse, en ai-je vu défiler chez nous de ces malades qui revenaient d'Afrique ou des Indes. Des marins, pour la plupart. Mon Tanguy leur conseillait le traitement que j'ai administré à Laurent. Puis il leur donnait une décoction d'écorces de quinquina qu'il tenait de son grand-père, et dont j'ai malheureusement perdu la recette.

— Et ils guérissaient ? demanda Marie-Hélène.

— Tous, affirma la vieille dame avec une impudence qui horripila Lucile.

— Ceux qui mouraient ne revenaient pas s'en vanter, maugréa la doctoresse, assez bas pour n'être entendue que de son voisin.

Laurent avait à sa gauche Grannie et, plus loin, Marie-Hélène. A sa droite, Lucile. Il pressa la main de celle-ci en signe d'apaisement. Il la regarda, de l'ironie plein les yeux, et riposta d'une voix étouffée :

— Si mon grand-père en sauvait quelques-uns, ce n'était déjà pas si mal. Après tout, les médecins, eux non plus, n'enregistrent pas que des succès.

Lucile leva les yeux au ciel.

— Quelle aberration !

— Que dit Lucile ? cria Victoire en tapotant la table d'un doigt impatient. D'ici, je n'entends rien.

Laurent se tourna vers sa grand-mère. Son regard brun pétillait de malice.

— Elle vous exprime son admiration.

— C'est bien la première fois que la Faculté reconnaît mes mérites, assura Grannie en se rengorgeant.

Après le repas, la vieille dame manifesta le désir de se rendre en pèlerinage dans le village natal de saint Yves.

A Minihy, distant de quelques kilomètres de Tréguier, une église est construite sur l'emplacement de la demeure qui, au XIII\ :superscript:`e` siècle, a vu naître et mourir le saint le plus populaire de la Bretagne.

— Repose-toi, ordonna Victoire à Laurent. Lucile me conduira.

Lucile s'excusa. Elle attendait un coup de téléphone de son laboratoire. Que Grannie demandât plutôt à Marie-Hélène.

Celle-ci, bien sûr, ne put refuser.

Une demi-heure plus tard, en descendant vers le pont qui franchit l'estuaire, la conductrice tourna la tête à l'endroit où les chênes s'écartaient pour dégager la vue sur Kervrahen.

Sur la terrasse nettement visible, Laurent et Lucile étaient étendus, côte à côte, sur des chaises longues.

Elle se défendit d'être jalouse. Qu'importaient maintenant l'impudeur de Lucile, ses avances et ses attitudes provocantes. Laurent semblait en bonne voie de guérison. Rien d'autre ne comptait. Confiante comme une enfant, elle était prête à remercier tous les saints de la Bretagne.

Avant d'entrer dans l'église, Grannie prit sa petite-fille par le bras et lui dit :

— J'ai l'impression que vous n'êtes pas plus raisonnable que Lucile. Si votre belle-sœur est une sceptique née, vous, ma chère petite, vous avez tendance à vous abîmer dans l'extase et à prendre trop facilement vos désirs pour des réalités. Il n'y a pas de miracle. Laurent va mieux mais n'est pas encore guéri. Et si j'ai tenu à rendre hommage au bon saint Yves, c'est moins pour lui adresser une action de grâces que pour lui demander de m'aider à réussir.

* * *

— On croirait cette terrasse construite spécialement pour les bains de soleil, dit Lucile en traînant une chaise longue près de Laurent. A l'abri du vent, bien exposée, une vue magnifique. C'est divin de s'y reposer.

Elle avait échangé sa tenue de cheval contre une robe rouge, très courte, qui laissait les épaules nues, et dont le décolleté allait de la poitrine au creux des reins.

« Comment, diable, cette robe peut-elle lui tenir sur le dos ? », se demandait Laurent. Mais il garda sa question pour lui. Lucile, il le savait, eût été trop heureuse de répondre par une scabreuse démonstration.

— Très agréable, en effet, cette terrasse, dit-il en refermant avec un soupir l'épais cahier où il prenait des notes. Du moins était-ce mon impression, il y a deux minutes.

Sur le point de s'allonger, Lucile se redressa. Dans son regard sombre qui ne quittait pas Laurent, passa une expression de reproche qu'accentua encore une moue savamment étudiée.

— Fâché ?

— Nullement.

— Alors pourquoi ce peu d'empressement à accepter ma compagnie ?

— Ma chère Lucile, j'ai l'impression d'assister à un ballet bien réglé. Dans quelques minutes, la vieille Renault de Grannie, conduite par ma femme, va descendre la route et ralentir devant la trouée découvrant la terrasse. Vous le savez, n'est-ce pas ?

Elle souriait en écartant juste assez les lèvres pour que luise l'éclat des dents.

— Oui. Et alors ?

— Alors ?... Eh bien ! vous voudriez rendre jalouse Marie-Hélène que vous ne vous y prendriez pas autrement.

Elle eut un rire de gorge provocant.

— Vous craignez une scène ?

— Marie-Hélène n'est pas le genre de femme à faire une scène. Elle souffrira mais se taira.

— En effet. C'est une nature plutôt... secrète, n'est-ce pas ?

Le ton volontairement équivoque réveilla chez Laurent une crainte informulée.

— Pourquoi secrète ? Que voulez-vous dire ? demanda-t-il en se soulevant sur un coude.

Avec une souplesse féline, elle se coula près de lui. Il saisit son poignet.

— Parlez, Lucile. Que savez-vous de Marie-Hélène ? L'épithète que vous avez employé ne s'applique guère à son caractère... ou plutôt ne s'y appliquait pas, rectifia-t-il, car, depuis quelque temps, elle n'est plus tout à fait la même.

— Souvent femme varie... dit Lucile, énigmatique.

En même temps, elle avait porté à son visage la main qui tenait son poignet et la caressait lentement avec sa joue. Elle couvait Laurent d'un regard si ardent qu'il sentait sourdre d'elle la passion qui la dévorait. Il n'en était pas troublé. Il existait quelque chose chez Lucile qui l'avait toujours éloigné d'elle : peut-être ce goût effréné pour le plaisir qui se lisait trop crûment sur son visage sensuel, ou plus vraisemblablement une certaine avidité qui l'apparentait, aux yeux de Laurent, à ces mantes dévorant leur mâle.

Il se dégagea avec un grognement de colère.

— Répondez-moi franchement. Marie-Hélène sait-elle que je suis condamné ?

Elle tressaillit et ses yeux reflétèrent une angoisse qui n'était pas feinte.

— Quelle sottise, Laurent chéri ! Pour une anémie sans gravité, vous n'allez tout de même pas vous mettre à cultiver des idées morbides, non ?

— Vous me prenez vraiment pour un imbécile, dit froidement Laurent. Depuis deux mois, je connais la vérité. Pourquoi me l'avez-vous dissimulée ?

Elle ne répondit rien, se contentant de le regarder d'un air à la fois langoureux et désespéré.

— Je devine ce que vous redoutiez, dit-il lentement. Vous me connaissez mal, Lucile. Maintenant, jouons cartes sur table et répondez sans détour à mes questions. Primo, Marie-Hélène a-t-elle appris que j'étais atteint de leucémie ?

Dans un éclair, elle devina que sa maladie l'inquiétait moins que le fait de ne plus si bien comprendre sa femme. Chacun d'eux dissimulant à l'autre la même vérité, silences et dérobades avaient fini par élever entre Laurent et Marie-Hélène un mur de suspicion, « que je me garderai d'abattre », décida-t-elle avec une rage froide.

— Marie-Hélène n'a pas le plus léger soupçon, affirma-t-elle. C'est une enfant qui ne s'intéresse qu'au bonheur de vivre. Vous avez vu ce matin, avec quelle crédulité et quel soulagement elle a accueilli la déclaration de Grannie ? Vous êtes guéri, tant mieux. Elle va pouvoir songer à autre chose...

— Vous avez peut-être raison, coupa Laurent, pensif. Je m'étais bercé d'illusions... Tout aurait été trop simple. Il existe autre chose, mais quoi ? Pour qu'elle ait perdu sa gaieté, il faut que je l'aie déçue de quelque façon... Après tout, murmura-t-il comme pour lui-même, n'est-ce pas ce que je cherchais ?

Il laissa passer un silence et ajouta :

— Une seconde question, Lucile. Combien de temps me reste-t-il à vivre ?

Il l'avait regardée au visage, mais, pour la première fois, elle lui déroba ses yeux.

— J'en appelle à votre conscience de médecin, insista Laurent. Répondez-moi en toute honnêteté. Je ne suis pas assez fou pour croire que les panacées de Grannie me maintiendront debout encore longtemps. Certes, ce matin, bien que je sois toujours sans forces, la fièvre a cédé et j'ai retrouvé une agilité d'escrimeur. Mais ce n'est qu'une rémission. Ce soir, demain peut-être, une hémorragie me terrassera...

Lucile l'interrompit durement.

— Votre inconscience me dépasse. Depuis deux mois, bien que vous connaissiez la nature de votre mal, vous avez renoncé à tout traitement. C'est un suicide.

Il eut un geste désabusé.

— Pas de grands mots, voulez-vous ? Le cancer reste une énigme et je suis suffisamment renseigné pour savoir qu'aucun remède...

— Vous ne savez rien, coupa-t-elle avec feu. Si vous suivez scrupuleusement mes conseils, Laurent chéri, je vous sauverai.

D'une voix convaincante, elle lui exposa le résultat de ses travaux, les découvertes qu'elle avait faites concernant une prédisposition héréditaire au mal dont il souffrait, ainsi que la mise au point d'un médicament qui augmentait l'autodéfense d'un organisme trop vulnérable.

Elle parlait avec une précision de clinicienne et autant d'ardeur qu'un tribun. La flamme qui animait maintenant ses yeux noirs n'avait plus rien de trouble.

Laurent l'écoutait avec une attention extrême. Il ne s'étonna point quand elle lui révéla la nature du mal qui avait emporté son père et son grand-père. Lui-même l'avait soupçonnée depuis longtemps, mais sans y voir de relation avec ses propres troubles.

— C'est clair comme deux et deux font quatre, remarqua-t-il avec un sourire triste, et je comprends que le diagnostic ne vous ait posé aucun problème. Mais si vous m'aviez affranchi deux mois plus tôt, la courbe de mon existence eût peut-être été modifiée. Maintenant, c'est trop tard.

Elle joignit les mains dans un geste poignant de supplication.

— Non, Laurent, non. Faites-moi confiance. Quelques transfusions vous redonneront les forces nécessaires pour supporter mon traitement...

Il l'arrêta d'une pression de main sur son bras.

— Je la connais, cette lutte inutile : transfusions, radiations puis greffe problématique de moelle osseuse, pour n'aboutir qu'à une rémission de quelques semaines. Très peu pour moi.

— Vous parlez comme un enfant, s'emporta-t-elle. Cette fois, je ne vous laisserai pas commettre d'autres imprudences. J'ai le résultat de votre numération. Il faut absolument que vous vous placiez sous surveillance médicale.

— N'y suis-je pas déjà, en ce moment ? demanda-t-il, désinvolte.

Elle claqua deux doigts en signe d'impatience.

— Ne discutez plus, Laurent et, de grâce, faites ce que je vous demande. Je vous affirme que je puis vous sauver.

Elle avait presque crié ces derniers mots. Elle croyait à son œuvre et avait sûrement de bonnes raisons d'y croire. Cependant, Laurent ne put empêcher la méfiance de l'envahir. Sans mettre en doute la sincérité de Lucile, il discernait, dans son ardeur à le convaincre, une hâte avide de le tenir entièrement sous son emprise. Il repoussa de toutes ses forces ce qu'il considérait comme une atteinte à son libre arbitre.

— D'abord, ma chère Lucile, rien ne prouve que votre traitement réagira sur moi comme sur

vos souris, dit-il d'un ton ferme. Ensuite, puisqu'il n'a pas d'efficacité sur un organisme trop
anémié, laissez-moi me reposer ici. L'eau de clous
rouillés de Grannie me redonnera des forces.

Elle se redressa, les yeux durs.

— Tout à l'heure, vous m'affirmiez n'avoir
aucune foi dans les panacées de Grannie.

— Pas une foi aveugle, non. Mais je dois tout
de même reconnaître qu'elles agissent quelquefois. La preuve...

— Oh ! Plus un mot sur ces absurdités d'un
autre âge. Je vous emmène aujourd'hui même à la
clinique ou bien... si vous préférez vous soumet-
tre aux charlataneries de votre grand-mère, moi,
n'ayant plus rien à faire auprès de vous, je repars
pour Paris. A vous de choisir.

Il resta silencieux, avec un léger sourire sur ses
traits que la maladie émaciait de jour en jour.

— Alors, que décidez-vous ? s'inquiéta Lucile
avec une vibration d'impatience dans la voix.

La voiture de Grannie passa lentement sur la
route, au bas de la pelouse. Laurent se souvint de
la joie qui illuminait le vieux visage, le matin,
lorsqu'il avait découvert que la fièvre était
tombée.

— Alors ? répéta-t-il, tandis qu'une petite
flamme moqueuse dansait dans son regard. Je
choisis l'eau de clous rouillés, ma chère Lucile.

CHAPITRE XI

Bien que Laurent eût fermement persévéré dans sa décision, Lucile ne s'était pas décidée à abréger ses vacances. Elle aimait sincèrement son beau-frère et, connaissant la menace qui planait sur lui, elle restait, prête à intervenir en cas d'urgence. Mais son caractère s'aigrissait à mesure que les forces du malade déclinaient. Elle devait se contraindre pour ne pas hurler à Victoire une vérité que Laurent lui avait fait jurer de garder pour elle. Toute sa mauvaise humeur se déversait sur Marie-Hélène qu'elle accablait, tantôt de son dédain, tantôt de sarcasmes qui frisaient la cruauté.

— Vous auriez intérêt à la disparition de votre mari, que vous n'agiriez pas autrement, lui dit-elle, un jour qu'elles se trouvaient seules dans le parc. Je présume que Laurent a contracté à votre profit une confortable assurance sur la vie, non ?

Cette fois-là, la douce Marie-Hélène faillit se montrer aussi violente que sa belle-sœur. Elle était venue couper des roses pour la chambre de

Laurent et tenait à la main un sécateur. Une seconde, elle eut envie de le jeter à la tête de son bourreau.

« ... Vous n'avez donc jamais eu envie de tuer les imbéciles qui vous barraient le chemin ?... »

Ce fut le souvenir de cette réflexion de Lucile qui l'arrêta.

« Je vaux tout de même mieux qu'elle », se morigéna la jeune femme en refrénant de toute sa volonté un désir aigu de vengeance.

— Patientez encore quelques jours, déclarat-elle après un épais silence. Laurent m'a confié ce matin : « Si je ne suis toujours pas capable de monter Sarida à la fin de la semaine, nous partirons pour Paris et j'irai peut-être consulter le toubib de Lucile... » Navrée de vous décevoir, mais c'est la seule promesse que j'aie pu obtenir de lui.

— Bon, dit Lucile, plus amène. Espérons qu'il tiendra jusque-là.

— N'a-t-il aucun soupçon ? demanda Marie-Hélène. C'est bizarre qu'il ait si brusquement accepté de revoir ce docteur.

Lucile ne désirait pas qu'une trop grande intimité, née de leur communion dans la souffrance, rapprochât les époux. Elle se montra catégorique.

— Jamais le doute ne l'a effleuré. Il se croit atteint seulement d'anémie bénigne et c'est heureux. N'oubliez pas qu'il a écrit un jour, dans un article : « Mieux vaut appeler la mort avant qu'elle ne devienne trop cruelle... »

— Je sais, dit Marie-Hélène en frissonnant.

Depuis quinze jours, Grannie faisait appel à ses meilleures recettes pour redonner des forces à son petit-fils. Avant chaque repas, elle lui pressait le jus d'une botte de cresson et d'une poignée d'épinards, qu'elle mélangeait ensuite à celui de deux belles grappes de raisin noir. Au début, ce cocktail de vitamines avait eu des effets aussi spectaculaires que le cataplasme du premier jour. Laurent monta à cheval chaque matin. En compagnie de Marie-Hélène, il alla se baigner à Port-Blanc et à Perros-Guirec. Plusieurs soirs de suite, ils se promenèrent, après dîner, le long du Jaudy et ne rentrèrent que lorsque la lune apparaissait à la cime des arbres. Jours bénis où la jeune femme se reprenait à espérer follement...

Et puis, une nuit qu'ils revenaient tous deux vers le manoir, Marie-Hélène sentit que le bras de Laurent pesait plus lourdement sur son épaule.

Le lendemain, il ne se leva pas. Et, de ce jour, la fièvre ne le lâcha plus. C'était comme si elle se vengeait d'avoir été tenue si longtemps en échec.

— Tu as trop présumé de tes forces, grondait Grannie qui cachait son inquiétude sous un ton bourru.

Elle exprima le suc d'énormes bouquets de persil et l'ajouta à ses cocktails, sans aucun succès. Les joues de Laurent se creusaient et de larges cernes ombraient maintenant ses yeux.

— Jamais je n'ai vu un mal aussi tenace, se lamentait-elle auprès de Marie-Hélène. Ma pau-

vre chérie, je ne suis qu'une vieille ignorante. Ah !
Si mon Johnnie était encore de ce monde !

Deux jours avant le délai qu'il s'était fixé, une
nouvelle syncope terrassa Laurent dans son bain.
Marie-Hélène, qui ne le quittait plus, put donner
immédiatement l'alarme.

Cette fois, ce fut Lucile qui prit la direction des
opérations et nul n'osa s'opposer à son autorité.

Revenu à lui, Laurent eut tout de même la force
de refuser de partir sur-le-champ, en avion-taxi,
comme elle l'exigeait...

— Aucune confiance dans ces coucous,
décréta-t-il. Nous voyagerons dans un courrier
régulier d'Air France.

Les appareils qui partaient le jour même étant
complets, Lucile réserva, par téléphone, trois
places pour le lendemain, au départ de Brest. Le
trajet jusqu'à cette ville s'effectuerait en ambulance.

Les marées d'équinoxe ayant amené avec elles
des brumes qui ne s'effilochaient que le soir avec
le reflux, de grands feux de bois étaient maintenant allumés dans les cheminées.

La veille de son départ, Laurent ne quitta pas
son lit. Et, comme Lucile régnait, depuis le
matin, en maîtresse dans la chambre, les deux
griffons, d'un coup de pied bien appliqué, avaient
été priés de vider promptement les lieux. A demi

assommé par les piqûres, Laurent n'avait pas eu la volonté de réagir.

Marie-Hélène, dévorée de chagrin, ne pouvait détacher son regard de ce visage dont chaque trait resterait à jamais gravé dans son cœur.

Le soir, elle insista pour que Laurent prît un peu de nourriture. Il accepta de manger une sole pour lui faire plaisir, mais refusa la tarte aux pommes, cuite pourtant en son honneur par Grannie.

— Ma pauvre chérie, dit-il en lui caressant tendrement la joue. Quel piètre compagnon je suis devenu ! Et voilà maintenant que je t'oblige à abréger tes vacances.

En dépit de la peine qui lui brisait le cœur, elle se força à l'insouciance.

— Oh ! Tu sais, la Bretagne, en septembre...

« Comme elle a changé ! », pensait-il.

Elle mangea peu, elle aussi. Devant certains plats, d'inquiétantes nausées lui soulevaient l'estomac. Le poisson, si bien assaisonné qu'il fût, était un des mets qu'elle ne pouvait plus avaler.

Elle reporta le plateau à la cuisine. En passant dans le hall, entre les deux rangées de portraits, elle adressa un regard hostile aux visages longs et tristes des Brémont, dans leurs cadres de bois noir.

Quand elle revint dans la chambre, Laurent s'était assoupi de nouveau. Elle se pencha au-dessus de lui comme pour le protéger, l'arracher à une rivale dont l'emprise augmentait d'heure en heure. Puis, étreinte d'un froid subit, elle jeta une bûche sur les braises et, défaillant de douleur, elle s'assit sur le sol, devant les flammes, enserrant ses genoux dans ses bras.

Ce fut dans cette position qu'une heure plus tard Lucile la trouva. Le fait de tenir maintenant Laurent sous sa complète domination la rendait magnanime.

— Couchez-vous, mon petit, conseilla-t-elle doucement. Cela ne sert à rien de toujours ressasser les mêmes idées déprimantes.

Elle ouvrait sa trousse, sortait des ampoules, une seringue.

— Qu'allez-vous lui faire encore ? demanda Marie-Hélène d'un ton las.

— L'obliger à dormir afin que demain il ait recouvré assez de forces pour supporter le voyage.

Après son départ, Marie-Hélène se dévêtit pour la nuit. Depuis quelques jours, elle couchait sur le canapé afin de ne pas troubler le sommeil du malade.

Avant de s'allonger, elle s'approcha de la cheminée et regarda longuement le portrait de la mère de Laurent. Ce visage l'attirait bien davantage que celui des Brémont, car elle y retrouvait le reflet adouci des traits qu'elle chérissait. Les yeux largement fendus avaient le regard grave de ceux de Laurent et les arcs délicats des sourcils la même asymétrie amusante que les siens. Seule, la bouche différait, mais davantage dans l'expression que dans la forme. Celle-ci semblait réticente, serrée sur son secret, alors que les lèvres de Laurent paraissaient toujours prêtes à sourire.

Elle prit la photographie dans l'intention de s'approcher de son mari endormi, et de comparer de plus près les deux visages. Mais en se retournant, elle heurta du coude la cheminée, et le cadre qu'elle tenait d'une main tremblante lui échappa et tomba sur le sol.

Le tapis étouffa le bruit de la chute, mais celle-ci fut tout de même assez rude pour que le verre se brisât.

Marie-Hélène jeta un coup d'œil inquiet vers Laurent. Sa respiration régulière la rassura. Maudissant sa maladresse, elle se baissa pour reprendre le portrait. Le verre était étoilé et quelques éclats brillaient sur le tapis. Elle les ramassa et entreprit de détacher ceux qui restaient pris dans le cadre, afin que, par la suite, nul ne pût s'y blesser.

Comme elle ne réussissait pas à les sortir, elle retourna le tout et souleva les agrafes de métal. L'épais carton qui doublait le cliché se détacha, libérant plusieurs feuilles de papiers, très minces, glissées entre la photographie et son support. Intriguée, Marie-Hélène les examina. Elles étaient couvertes d'une écriture trop fine pour être lue aisément à la seule lueur des flammes. Elle déchiffra la signature : Anne, et la date : 1947.

« L'année de sa mort », pensa-t-elle.

Elle remit vivement le cadre en place puis s'allongea sur le canapé, afin de parcourir, à la lumière de sa lampe de chevet, ce qui lui paraissait être une sorte de journal intime.

C'était la confession douloureuse d'une femme que la vie avait déçue.

Anne s'était mariée sans passion, flattée dans son orgueil d'avoir été choisie entre toutes par un membre d'une caste qui méprisait les Le Guen.

L'unique amour de son cœur avait été un jeune ostréiculteur, Yann, qu'elle décrivait d'une plume éblouie comme « un grand gaillard brun qui semblait avoir accaparé toute la beauté du monde... »

Ils s'étaient connus, enfants, et retrouvés, au temps de leur adolescence, sur les plages et à tous les pardons et les fêtes. Yann, qui avait deux ans de plus que son amie ne s'était pas consolé du mariage de celle qu'il considérait comme sa fiancée. Lorsqu'elle était devenue Mme Brémont, il avait vendu les parcs à huîtres hérités de ses parents, et avait quitté la région pour Douarnenez, où il s'était engagé sur un langoustier qui pratiquait la pêche au large des côtes de Mauritanie.

Pendant ce temps, à Paris, Anne, « la sauvageonne qui n'aimait rien tant que de courir pieds nus sur le sable », avait dû se plier à une existence à laquelle aucune éducation ne l'avait préparée. Intelligente et « suffisamment instruite pour faire honneur à son mari », elle s'était vite adaptée à son nouveau milieu. Mais elle n'était pas heureuse.

« ...Personne ne m'avait expliqué ce qu'était

vraiment le mariage. En dépit de mes airs affranchis, j'étais aussi naïve qu'un agneau à la mamelle. Les jeux de l'amour avec Yann n'avaient jamais dépassé les baisers volés derrière un rocher ou au détour d'une ruelle. J'y avais pris un plaisir joyeux qui ne me semblait nullement coupable.

« Georges, lui, avant de m'épouser, ne m'avait jamais embrassée plus haut que le poignet. J'étais sa dame, disait-il, et lui, mon chevalier. Ces manifestations de tendresse me suffisaient. De lui, je n'en désirais point d'autres, m'imaginant qu'un mariage romanesque, comme celui que je faisais, pouvait se situer éternellement sur le plan platonique.

« Mon désenchantement fut de ceux dont on ne se relève pas. Je n'y pouvais rien. En dépit de ma volonté, une insurmontable répugnance m'éloignait de mon époux.

« Après la naissance de Paul, nous nous mîmes d'accord pour vivre séparés. En fait seulement, pas en droit, car personne, de sa famille ou de la mienne, ne devait soupçonner notre rupture. Georges décida que j'habiterais Kervrahen et lui, Paris. Ma santé, très fortement ébranlée, justifiait aux yeux du monde, notre séparation.

« Je retournai donc dans ma chère Bretagne avec mon fils et, pour sauvegarder les apparences, chaque mois, Georges venait passer quelques jours au manoir. Nous restions bons amis, mais faisions chambre à part. Le baiser, quasi officiel, qu'il me donnait à son arrivée et à son départ, suffisait à me contracter de dégoût. Je crois, du reste, qu'il n'y prenait pas plus de plaisir que moi... »

D'après le récit, quatre années s'écoulèrent pendant lesquelles Anne éleva son fils et assuma à Kervrahen un rôle de maîtresse de maison.

De son beau-père, elle parlait peu.

« ... Lorsqu'il séjournait au manoir, il était courtois avec moi, affectueux avec Paul. Nos relations se bornaient à un échange de politesses au moment des repas. C'était un homme au teint bilieux qui semblait ne se nourrir que de potions et de bouillons de légumes... »

Et puis, un matin de juin, tandis que l'or des ajoncs resplendissait dans les landes, Anne éprouva l'impérieux besoin de faire entrer un peu de printemps dans les salles tristes et sombres du manoir. Elle partit seule à travers la campagne fleurie et, au retour, rencontra Yann qui rentrait au pays et qu'elle n'avait pas revu depuis son mariage.

La passion qui avait sommeillé dans leur cœur jaillit aussitôt entre eux comme une source, longtemps captive, qui trouve enfin une faille pour s'échapper. Ils se revirent plusieurs fois.

« ... Nous nous donnions rendez-vous dans la lande, sur le Sillon, dans les bois. Une frénésie de bonheur me possédait. Je n'avais plus ni conscience ni mémoire. C'était Yann qui devait me rappeler à la prudence... »

En août de la même année, il partit sur un thonier qui sombra, corps et biens, au large des côtes d'Espagne.

Laurent naquit en avril suivant.

Le journal que Marie-Hélène lisait avec avidité n'avait été écrit que douze ans plus tard.

« ... Depuis douze ans, je vis dans l'enfer. J'ai cru mourir de chagrin, mais, hélas ! on ne meurt ni de chagrin ni de honte. Mon inconséquence, je l'expie chaque seconde que Dieu m'accorde. Ce soir, peut-être parce que Georges a offert à Laurent, pour sa fête, la montre en or que mon fils cadet convoitait, je sens que le remords m'étouffe et que je dois me délivrer de mon secret. Si un jour Laurent lisait ces lignes, je voudrais qu'il sente, à travers elles, l'immense bonté de cet homme, qui n'est pas son père par le sang et dont la tendresse pour lui ne s'est jamais démentie. Pas une seule fois il n'a marqué de différence entre mes fils. Lorsque je lui ai avoué ma faute et ce qui devait en résulter, son visage est devenu celui d'un vieillard. Mais il ne m'a pas adressé un reproche. « Puisque cet enfant portera mon nom, il sera le mien », a-t-il seulement dit. Je l'ai vu alors tel qu'il était : noble, magnanime et probablement infiniment malheureux. A partir de cet instant, je l'ai aimé. Mais trop tard. Jamais je n'ai pu retrouver le chemin de son cœur... »

Marie-Hélène rejeta les feuillets sur ses couvertures et se leva. Sa gorge était nouée par une émotion qu'elle ne pouvait plus contrôler. Elle arpenta la chambre, pieds nus, avec l'impression que son cœur allait éclater. La triste histoire d'Anne passait au second plan. Son esprit enfiévré ne s'accrochait qu'à une phrase :

« … cet homme qui n'est pas son père par le sang… »

C'était seulement en lisant ces mots qu'elle en avait réalisé les conséquences. Ce n'était pas des Brémont que Laurent tenait le mal qui l'épuisait. Le facteur hérédité, cher à Lucile et à de nombreux spécialistes, n'avait donc joué aucun rôle dans son cas. Or, c'était sur cette base erronée que le diagnostic de cancer avait été établi.

Elle avait envie de courir chez sa belle-sœur et de lui faire part, sur-le-champ, de cette extraordinaire découverte. Mais il était près de deux heures du matin. Un reste de bon sens lui commanda de se tenir tranquille.

Elle s'approcha du lit et resta debout au chevet de Laurent, les yeux ardemment fixés sur les traits aimés que le sommeil apaisait. Elle se sentait délivrée du sentiment d'impuissance qui l'avait paralysée jusque-là. Sa dernière rivale n'était peut-être pas aussi invincible qu'elle l'avait redouté. Lucile et les médecins de la clinique ne s'étaient-ils pas mépris sur sa véritable nature ?

Elle s'agenouilla et, posant sa joue brûlante contre l'épaule de Laurent, elle attendit que se calmât le tumulte de son esprit. Grannie lui avait reproché sa tendance à prendre ses désirs pour des réalités. Elle ne devait surtout pas retomber dans cet excès. La découverte, pour aussi rassurante qu'elle fût, ne modifiait en rien ce qui existait. Laurent était gravement malade et des soins urgents, éclairés, s'imposaient. Mais la clinique où Lucile le conduisait n'inspirait aucune confiance à Marie-Hélène.

Elle se redressa, galvanisée par une décision jaillie de son subconscient. Ce n'était pas à Paris qu'elle conduirait Laurent, mais à Bâle, chez le fils du docteur Fröhlich. Elle se souvenait de la proposition du vieux docteur et de son étonnement en découvrant que tous les examens nécessaires n'avaient pas été faits avant d'établir un diagnostic définitif.

Son visage se détendit. Tout lui paraissait facile. Certes, rien ne prouvait que l'avis des docteurs de Bâle serait différent de celui de Lucile. Mais après tant de semaines d'angoisse et de découragement, le léger espoir qui frémissait en elle illuminait son cœur.

Dès que l'aube parut, elle se leva, enfila son déshabillé de velours bleu et, après s'être assurée que Laurent dormait toujours paisiblement, elle courut chez Lucile.

La chambre de sa belle-sœur était au premier étage. Marie-Hélène frappa et, dans son impatience, n'attendit pas la réponse pour entrer. La fraîcheur du matin, qui pénétrait par la fenêtre ouverte, la saisit aux épaules.

Lucile, réveillée en sursaut, s'assit sur son lit. En reconnaissant la silhouette de Marie-Hélène, elle imagina aussitôt le pire et poussa un gémissement de bête blessée.

— Laurent dort, dit précipitamment Marie-Hélène. Je viens parce que j'ai découvert que Georges Brémont n'était pas son père.

Comme mue par un ressort, Lucile bondit hors du lit. Puis elle ferma la fenêtre, alluma un lampadaire et, prenant la jeune femme par l'épaule, elle la fit asseoir de force dans un des fauteuils crapaud qui meublaient sa chambre.

— Vous êtes somnambule, ou quoi ? demanda-t-elle.

— Lisez, dit Marie-Hélène en lui tendant les feuillets.

Lucile retourna s'allonger et parcourut rapidement la confession d'Anne. Son visage devint aussi pâle que ses draps et sa main se mit à trembler.

Quand elle eut achevé sa lecture, elle alluma une cigarette, en tira nerveusement quelques bouffées et regarda Marie-Hélène d'un air de défi.

— Et alors, qu'est-ce que ça change ?

— Ce n'est pas à moi de vous le démontrer, riposta Marie-Hélène, calmement.

— Laurent n'est pas guéri pour autant, que je sache.

— Certes. Mais ne voyez-vous pas là l'effondrement de toutes vos théories ?

Aussitôt, elle regretta ses paroles. Lucile s'était levée et marchait sur elle, la main haute, les yeux fous. Puis elle la vit chanceler. Avant que Marie-Hélène eût eu le temps d'intervenir, la doctoresse s'était reprise et avait recouvré assez de forces

pour atteindre un fauteuil où elle s'abîma, la tête
dans les mains.

Quand elle découvrit son visage, il était las,
vieilli. Après un silence, elle se mit à parler d'une
voix sourde :

— Ne croyez pas que cette découverte boule-
verse ce que vous appelez « mes théories ». Elle
me dépossède seulement d'un témoignage nécessaire à la conclusion de mes travaux. Je sais que je
détiens la vérité, mais maintenant, il m'est difficile de le prouver. C'est dur pour moi. Et,
pourtant, le drame n'est pas là. Les échecs, eux
aussi, contribuent à faire avancer la recherche.
Mais je pense à Laurent. Si, par ma négligence,
une erreur de diagnostic avait été commise, je ne
me le pardonnerais jamais... Je m'exilerais,
continua-t-elle en s'enfiévrant au fil des mots...
Oui, j'irais en Amérique continuer mes travaux...

— Dieu fasse que vous vous soyez trompée,
murmura Marie-Hélène en se levant pour partir.

Elle se sentait légère comme une biche. Les
soucis personnels de Lucile ne la concernaient
pas.

En courant dans le couloir, elle se heurta à
Victoire qui, déjà prête, sortait de sa chambre. La
vieille dame l'attrapa au vol par un bras, l'entraîna
chez elle et referma la porte. Son vieux visage
reflétait l'anxiété.

— Laurent ?

— Il repose. Rassurez-vous.

Le regard perspicace de Grannie enregistra le
frémissement des lèvres, l'éclat insolite des yeux

noisette. Elle adressa à la jeune femme une muette
interrogation.

Marie-Hélène n'y put tenir.

— Oh ! Grannie, je suis sûre que tout le monde
s'est trompé sur la maladie de Laurent.

— Tout le monde ? Mais qui ?

— Lucile, les docteurs. Ils étaient tous persua-
dés qu'il souffrait du même mal que son père et
son grand-père.

Victoire tressaillit et Marie-Hélène sentit trembler la main qui tenait son bras.

— Et toi, tu ne le crois pas ? demanda-t-elle
d'une voix altérée.

— Je l'ai longtemps cru, mais plus maintenant.

— Pourquoi ?

— Oh ! Parce que...

Elle s'interrompit net, réalisant soudain ce que
la révélation de l'inconduite de sa fille pouvait
représenter pour la vieille dame.

— Pour rien, dit-elle en détournant les yeux.
J'en ai la conviction. C'est tout.

— Cette conviction ne te serait-elle pas venue
en lisant les lettres qui dépassent de ta poche ?
remarqua doucement Grannie. Je reconnais l'écriture d'Anne. Où as-tu trouvé ça ? Dans sa
chambre ?

Incapable de parler, Marie-Hélène acquiesça
d'un signe de tête.

— Tu permets que j'en prenne connaissance,
moi aussi ?

Et d'un geste vif, Victoire s'en empara et les
fourra dans son corsage.

— Non, Grannie, supplia Marie-Hélène, promettez-moi de ne pas les lire. C'est une pénible confession. Anne n'était pas heureuse.

— Elle l'avait bien mérité, rétorqua durement la vieille dame. Je suppose que tu es maintenant au courant ; eh bien ! ne t'attends pas à me voir pleurer avec toi sur les malheurs de ma fille. Seulement, ma petite Marie-Hélène, je te conseille de tenir ta langue aussi bien que j'ai tenu la mienne.

— Grannie ! Oh ! Grannie !... Ce secret... si seulement vous me l'aviez confié...

— Tu crois peut-être que j'en étais fière ? Avoir eu pour gendre un magistrat et savoir que le père de mon petit-fils élevait des huîtres dans le Jaudy, avant de courir les mers sur un langoustier ? Doux Jésus ! Mais c'était la honte de ma vie !

ÉPILOGUE

Dès le lendemain, les équipes médicale et chirurgicale de la clinique « Die Tulpenbäume », à Bâle, unissaient leurs efforts pour arracher Laurent à la mort.

Les transfusions, en relevant le taux de globules rouges, permettaient au malade de supporter les ponctions et prélèvements nécessaires aux recherches de laboratoire. En attendant le résultat des analyses, comme le diagnostic de leucémie était le plus évident, Laurent était soigné pour ce mal sans espoir.

Lucile avait veillé sur lui jusqu'à Bâle, avant de reprendre l'avion pour Orly. Marie-Hélène reconnaissait que sa belle-sœur avait été parfaite. C'était elle qui, s'inclinant devant la décision de Marie-Hélène, avait téléphoné au docteur Fröhlich pour retenir une chambre à « Die Tulpenbäume », ainsi qu'une ambulance pour le trajet de l'aéroport à la clinique. Elle encore, qui s'était chargée de tous les soucis matériels du voyage.

A Bâle, Laurent fut installé dans une chambre

aux murs ripolinés de bleu, et dont la baie découvrait un large panorama sur le Rhin.

Avant de repartir, Lucile s'était penchée sur lui et sa bouche avait effleuré les lèvres décolorées. Puis elle s'était tournée vers sa belle-soeur qui la regardait, muette et désapprobatrice. Avec un sourire amer, elle avait murmuré :

— C'est mon seul et dernier baiser. De toute façon, vous avez gagné. Adieu, Marie-Hélène. Téléphonez-moi le résultat des analyses, voulez-vous ?

Marie-Hélène s'installa dans une pension de famille proche de la clinique. Toute la journée, elle restait au chevet de Laurent.

Une semaine s'écoula. Puis un matin, la jeune femme arriva près de Laurent, alors qu'il somnolait, son bras droit immobilisé par l'aiguille de transfusion. Elle traversa la chambre sur la pointe des pieds et s'enferma dans le petit cabinet de toilette attenant, afin de remettre en ordre une coiffure que le vent avait malmenée.

Elle entendit la porte du couloir s'ouvrir et la voix joviale d'une infirmière s'inquiétant de savoir si tout allait bien.

— Très bien, répondit Laurent. Mais c'est du gaspillage.

Marie-Hélène s'immobilisa, attentive. La porte se referma et l'infirmière s'approcha du lit :

— Pourquoi du gaspillage ?

— Parce que le précieux liquide que vous m'infusez serait plus utile à d'autres malades. J'appartiens à un groupe rare. Or les nouveaux globules de ce sang neuf, le cancer les détruira à brève échéance. C'est comme si vous tentiez de remplir le tonneau des Danaïdes.

Marie-Hélène s'appuya contre la cloison. Elle se demandait quand son mari avait été averti. Elle entendit l'infirmière protester vigoureusement et elle imagina le regard incrédule, vaguement ironique de Laurent.

Dès qu'il fut seul, elle pénétra dans la chambre.

Une expression de vive contrariété se peignit sur les traits du malade.

— Tu étais là, bijou ? Ne te mets pas martel en tête. Je plaisantais.

Elle approcha une chaise du lit, s'y assit et passa son bras sous la nuque de Laurent.

— Mais non, tu ne plaisantais pas, grand menteur. Tu crois dur comme fer à cette fable, autant que j'y ai cru moi-même pendant trois mois.

Il la regarda, bouleversé d'amour.

— Ma chérie... tu savais ? Voilà pourquoi je te trouvais différente, plus secrète...

Elle l'arrêta d'un doux baiser sur les lèvres.

— Laurent, ne te fatigue pas à trop parler.

— Je parlerai autant que je voudrai. Nous avons perdu trop de temps à nous taire. Dire que nous nous dissimulions mutuellement une évidence qui nous eût moins fait souffrir si nous l'avions partagée.

De sa main libre, il caressa le visage de sa femme et lui effleura les paupières.

— Ma pauvre chérie, voilà donc l'explication

des cernes qui soulignent ces jolis yeux-là. Ton secret devait t'étouffer, mon amour.

— Oublions ce cauchemar, dit-elle d'un ton presque enjoué. J'ai confiance dans le docteur Fröhlich et dans son équipe. Le centre de diagnostic, ici, est un des mieux équipés du monde. Certainement que...

Il l'interrompit, une expression pathétique sur son visage.

— Non, bijou, ne nous leurrons pas. Continuons, l'un comme l'autre, d'avoir le courage de regarder en face une vérité que nous connaissons. Comme toi, j'ai une confiance totale dans les médecins de cette clinique, mais je crains qu'ils n'aboutissent aux mêmes conclusions que Lucile et ses amis. Les signes sont trop nets. En outre, une certaine prédisposition léguée par mes ancêtres a certainement...

Elle l'empêcha de poursuivre.

— Écoute-moi, Laurent. Cette idée ne doit plus empoisonner ton esprit...

Elle n'avait pas eu l'intention de parler de la confession d'Anne. A son avis, ce secret de famille devait rester ignoré comme le désirait Grannie. Mais elle avait l'impression que Laurent renonçait à guérir. Il fallait le délivrer de ses doutes, même si l'opération était douloureuse pour lui.

Elle raconta dans quelles circonstances elle avait découvert le journal intime d'Anne, et révéla l'aveu qu'il contenait.

Tandis qu'elle parlait, l'incrédulité puis la

stupeur s'inscrivaient sur le visage émacié de Laurent.

Quand elle eut terminé, il resta silencieux un long moment. Il se sentait comme anesthésié, réalisant mal que cette histoire, noyée dans le passé, pût encore le concerner. Puis, lentement, la lumière se fit en lui et, sans altérer aucun de ses souvenirs, effaça le sceau de fatalisme qui avait tenu captive son énergie. Il pouvait maintenant rassembler ses forces et lutter, si c'était nécessaire.

Un moment plus tard, le médecin-chef pénétra dans la chambre. C'était un homme d'une quarantaine d'années au visage ouvert sous une brosse de cheveux blonds. Ses yeux, aussi bleus que ceux de son père, pétillaient d'excitation.

— Pardonnez-moi si j'interromps votre tendre tête-à-tête, s'excusa-t-il avec un bon sourire. Mais je reçois à l'instant les derniers résultats du laboratoire et je n'ai pas voulu attendre pour vous en faire part... Monsieur Brémont, ne seriez-vous pas allé en Afrique, dernièrement ?

Marie-Hélène s'était redressée. Le ton vibrant du médecin faisait lever en elle un espoir fou.

Laurent réfléchissait.

— Attendez... Oui, en début d'année, pour un reportage sur la chute d'un Boeing, dans le delta du Nil.

— Et vous vous êtes baigné dans le fleuve ?

— Baigné, non, mais j'ai pataugé pendant trois heures dans ses boues.

— A votre retour, vous avez ressenti des démangeaisons, n'est-ce pas ?

— Oui. A devenir fou. Mais quel rapport...

— Le rapport ? Une relation de cause à effet, cher monsieur. Au cours de ce bain forcé, vous avez récolté un parasite : la bilharzie. Ses larves, qui pullulent dans les eaux du Nil comme dans tous les marigots d'Afrique, ont attaqué vos organes, hypertrophié votre rate et provoqué des troubles analogues à ceux de la leucémie. La bilharziose est un des pires fléaux de l'humanité. La « maladie maudite », comme on l'appelle, frappe chaque année trois cent millions de personnes à travers le monde. En Égypte, là où vous l'avez contractée, soixante pour cent des habitants en sont atteints. Elle est extrêmement difficile à dépister et il a fallu de nombreuses et délicates analyses pour découvrir vos hôtes. Mais, cette fois, nous les tenons, ajouta-t-il d'une voix triomphante.

Marie-Hélène serrait la main de son mari. Haletante, elle demanda :

— Guérit-on facilement de cette maladie ?

— Il y a seulement un an, je vous aurais répondu qu'elle était incurable. Aujourd'hui, je puis vous affirmer le contraire. Trois savants de mon pays : les docteurs Lambert, Schmidt et Wilhelm, ont mis au point un médicament qui vient à bout, en huit jours, des cas les plus graves. C'est la plus belle découverte de ces dernières années.

Marie-Hélène le contemplait comme Marthe

avait dû contempler le Christ le jour de la
résurrection de Lazare. Spontanément, elle alla
vers lui et lui étreignit les mains.

Laurent redécouvrait l'avenir. Il avait fermé les
yeux, comme ébloui par une lumière trop vive.

— Répétez-moi le nom de cette satanée maladie, docteur.

— La bilharziose.

— Un nom barbare... Mais c'est une musique
pour mes oreilles, affirma-t-il avec un sourire
épanoui.

Un mois plus tard, assis à une terrasse devant
deux chocolats mousseux, Marie-Hélène et Laurent bavardaient en regardant le Rhin qui, vingt
mètres plus bas, étincelait sous le soleil.

Le visage de Laurent avait retrouvé un galbe de
bonne santé, et son teint, une chaude matité
prouvant qu'un sang plein de vie coulait de
nouveau dans ses veines.

Ils auraient pu quitter Bâle depuis longtemps,
mais Laurent avait à cœur d'acquitter une faible
partie de sa dette de gratitude envers les trois
médecins dont la découverte avait permis sa
guérison.

Il revenait de les interviewer et débordait
d'enthousiasme.

— Je ferai connaître leurs noms et leur œuvre à
la terre entière. Imagines-tu, ma chérie, que l'un
d'eux, le docteur Lambert, n'a pas hésité à

s'inoculer la maladie maudite, afin d'expérimenter sur lui-même le traitement qu'il avait mis au point avec ses confrères.? N'est-ce pas là une magnifique preuve d'abnégation ?

Elle acquiesça tout en se demandant si elle devait ou non lui faire part d'un court article, qu'elle avait lu par hasard, dans un journal français, entre les annonces à gros titres du divorce d'une vedette et du mariage d'une autre.

Pour essayer l'efficacité d'un médicament qu'elle avait découvert contre le cancer, la doctoresse Brémont avait provoqué sur elle l'éclosion d'une tumeur maligne, puis était partie continuer travaux et recherches en Amérique.

A l'opposé des médecins bâlois, Lucile avait tenu à informer, elle-même, le monde de son geste dramatique.

Après tout, décida Marie-Hélène, Laurent a bien le temps d'apprendre une nouvelle qui risque de l'attrister.

Il continuait d'exposer ses projets d'un ton vibrant d'une excitation qu'elle connaissait bien.

— J'ai l'accord du journal pour un grand reportage sur les pays où la bilharziose règne à l'état endémique. Nous irons du Japon aux Antilles en passant par l'Afrique noire...

Marie-Hélène l'interrompit.

— Nous irons ? Pourquoi ce « nous » ?

— Parce que, cette fois, ma chérie, je t'emmène. Nous allons le faire ensemble, ce tour du monde.

— Je veux bien, dit-elle, les yeux brillants. Mais dans sept à huit mois. Pas avant.

Il la regarda sans comprendre. Puis, brusquement, la vérité le bouleversa de joie.

— Marie-Hélène, ma chérie... Tu es sûre ?

— Cette fois, j'en ai la certitude, répondit-elle, le visage resplendissant d'un orgueilleux bonheur.

Laurent prit la main de sa femme et la garda dans la sienne. Leur amour les enveloppait, puisant un surplus de force dans de nouvelles racines. Jamais ils ne s'étaient sentis si unis.

Plus bas, le Rhin coulait, et ses eaux vertes, sillonnées de péniches, allaient se perdre dans un horizon de lumière.

Dans la même collection :

1. MAGALI : *Pour une orchidée.*
2. ALIX ANDRÉ : *Mon amour aux yeux clos.*
3. LILIANE ROBIN : *Une fille sous l'orage.*
4. HÉLÈNE MARVAL : *La source ardente.*
5. HÉLÈNE SIMART : *Trois visages un amour.*
6. MARIANNE ANDRAU : *Un garçon troublant.*
7. DENISE NOËL : *La dernière rivale.*
8. JEAN DE LUTRY : *Les fiancés de Venise.*

ACHEVÉ D'IMPRIMER LE
22 AVRIL 1977 SUR LES
PRESSES DE L'IMPRIMERIE
BUSSIÈRE, SAINT-AMAND (CHER)

N° d'éditeur : 7.
N° d'imprimeur : 447.
ISBN : 2-235-000-93-2.
Dépôt légal : 2e trimestre 1977.